谢持日记未刊稿

第三册

◎谢持 著

广西师范大学出版社
GUANGXI NORMAL UNIVERSITY PRESS
·桂林·

目录

三月一日（丁巳年二月初八日壬寅）木曜日（即星期四）國民日記

提要（交際）

（通信）

（溫度）朝八時三二〇

（氣候）晴

無會因各政團歡迎馮華甫於迎賓館故不開會余未赴迎賓館消遣購物而已

晚閱伍秩庸總長辭職將以陸徵祥繼之伍總長素聽多病其辭也吾無異言若陸徵祥則大非其人也必覆邦家而段總理乃亟稱其能非徵祥莫屬則當歐戰期中不佐項城及時整理內政而逢項城之惡及乘時企圖帝制焉以叛國家其見之不遠彰彰矣尤不可解者芝泉反對帝制故見稱於天下顧當國至今以為非帝制派人幾無可語國事者詎非異歟

三月二日（丁巳年二月初九日癸卯）　金曜日（即星期五）　國民日記

（提要）（交際）

憲法會議休息后猶不足法定人數至可歎也

欲謁香卅不遇

昨夜〻半后始寢今晨黎明即起送張重民王子騫南還睡不足

精神疲苶極矣早寢

（通信）

（氣候）晴

（溫度）朝七時 三三〇　晚十時 四二〇

自由固從文明來惟為國家所限制法律所監督而後有真自由　伯蓋司

三月三日（丁巳年二月初十日甲辰）　土曜日（即星期六）

（交際）提要

集會

赴農商部報名檀香山希嬉埠演說閱書報社推我為華僑選舉會代表也一人祇能代表一權非律濱俞中那埠民鐘書報社亦推我為代表則不能也遂函馮自由將民鐘書報社呈部公文付之

迎佩韋仲執及仲言李驥於前門西車站

（通信）

（氣候）晴

（溫度）朝八時三五〇

輕浮二字是百惡之根　張楊園

三月四日（丁巳年二月十一日乙巳）

日曜日（即星期日）

國民日記

（提交要際）

發列五、汗青

午後聞國務總理段祺瑞辭職出京

晚謁香草師

為政變四處尋人，深夜步行街衢，風沙寒露，一鐘還家就寢

（通信）

（氣候）晴　風

（溫度）朝八時二七.〇　后四時五三.〇

猶豫事之賊也年過一年遂至片刻無餘　耶古

三月五日（丁巳年二月十二日丙午）　月曜日（即星期一）　國民日記

提要（交際）

潤巷來書以窮求歸於我乃與仲執伯高商之
訪張晉三為李林騏耕謀也
黃陂派使挽留芝泉芝泉不見
晚晤傅生所譚不盡晤孫禹行略為我言軍人情形蓋皆欲芝泉
之去也其意速了決此公案之意與我同國勢不競恐外人起
而置喙也

通信

氣候：晴　無風

溫度：朝八時三八°

積財千萬不如一藝隨身　顏之推

三月六日（丁巳年二月十三日丁未 上午十一時十一分驚蟄）火曜日（即星期二）

國民日記

提要（交際）

（通信）

（氣候）（温度）

朝八時三八〇

參議院常會第二案四川省議會請願查辦晏安瀾鹽運使而陝西焦易堂以為言欲求復議吾以為於川之議員皆認可也我若易查後而議中發則必有議我者也川人將介吾之不計川鹽利害而易查又或謂我貴之

陳宦將去川其僇文叛社之人中有枉殺者居其大半實可恨也然殺焉壽祺之子傳楷則非枉而川議員諸人以怨陳宦故遂不察是非而受壽祺之訴余於院中一吾獨不贊成壽祺之請願也彼諸人者又以議吾也

三月七日（丁巳年二月十四日戊申）　水曜日（即星期三）　國民日記

（提要交際）

王徵珊先生約集湯梅居同座者孫伯行王勵齋及後生汪氏精衛

英國初未言京西果園比託其調查

參議院組織法之修案第二十二條又被否決

晚訪後生

（通信）

（氣候）陰

（溫度）朝八時三八〇　后七時四七〇

浮躁最害事輕僨亦然昏惰亦然　胡敬齋

三月八日（丁巳年二月十五日己酉）木曜日（即星期四）・國民日記

提要（交際）	
	購漢君碑帖　赴默吳誠
	訪汪兆銘　譚近事大概
（通信）	夜偕香林帥過仲凱始知中山先生病甚脈息十一二至極停
	餞仲執作言明日兩人將南行赴鎮江也
（氣候）陰	以酒券未書付伯中視之而取決焉伯中所慮深於伯高矣
（溫度）朝三九〇　夜一時四九〇	

勤勵不息君之德也　明仁孝文皇后

三月九日（丁巳年二月十六日庚戌）　金曜日（即星期五）　國民日記

提要（交際）

今日通過憲法草案七條兩院拜以來所未有也

（通信）

（氣候）晴

（溫度）午后一時五四〇

一九一七年

自由以法律整理積極力也偶自由則無等限制消極力也 士瀛夫

三月十日（丁巳年二月十七日辛亥） 土曜日（即星期六） 國民日記

提要（交際）

國務員出席兩院報告外交將課与德意志國斷絕國交也午後三時出席國務總理段祺瑞將經過情形報告後議員質問已七時矣而衆議院尚未散會爭持最烈卒投票表決以三百三十七對八十三主張斷絕國交於是參議院決定於次日討論

當在休息室也彭介石龔煥辰周擇趙時欽吳蓮炬皆微求我之意見王湘亦入座聽之彭龔王皆反對与德斷絕國交者也故主張与我不同而王湘出言輕蔑三叔之不聽遂決裂於是聚而觀者若干人吾亦旋悔蓋決裂後吾言太過也王湘旋來解釋可警也

（通信）

（氣候）	（溫度）
晴	朝八時 四二〇

三月十一日（丁巳年二月十八日壬子）（日曜日）（即星期日）　國民日記

提要（交際）

通信

得田兒書　二月十四日發

氣候

晴

溫度

朝八時四二〇
夜十二時四九〇

今日吾國之運存亡之判定之日也晨起詳加研究以行政當局前之抗議書及對美通牒（對德抗議書云如不收回新潛艇政策則取斷絕國交 對美通牒云與貴國取一致行動）既執其修詞與乎處置之法頗覺失當致陷於不能自由伸縮之形勢此後辦法含取斷絕國交之一步而與協商國方面提携則禍之發也迫於目睫而其禍之禍並亦不減於與德國斷絕國交將與協商國方面接洽尚可得迴旋之期日以圖補救至於枝節尚為補在當局之奮發如何耳　午後一時衆院特別開秘密會以百五十八票對三十七票取斷絕國交辦法而我亦居贊成之列也用記名投票

田兒書來以四弟得一子見告四弟行年三十四今乃舉一子喜之至也舉子之日二月十四日即舊曆正月廿三日

體欲重厚色欲溫和　呂新吾

提要

（交際）

（通信）

（氣候）陰風夜微雪

（溫度）朝八時四六〇

整理書室寄人牋

外交既定國會所負責任不輕於行政府与議員中同人商推為外交事特別監督政府閣者難吾言

偕香草師佩年告我去年上海蜀人對於香草師樣加論議謂四川之事非除去周某加能安定者乃因不肖而發憶去年七月香草師北來燕京時上海川人有流言曰周某為其弟子謝某運動四川省長已成我聞笑而解之非是更曰此消息自北京來也至於今日始知川事須除香草師云云者乃正為此不大可怪耶香草師曰余在天津与趙鐵橋言滄伯事時有居守亦好之說

三月十二日（丁巳年二月十九日癸丑）　月曜日（卽星期一）　國民日記

三月十三日（丁巳年二月二十日甲寅）　火曜日（即星期二）　國民日記

（提要）（交際）

（通信）

（氣候）晴　午后風

（溫度）朝八時四四度

常會請假　作書分寄叔賓四弟王弟田兒　述城上伯蕃安大九雲武姪婉姑　徐廷中

夜同飲酒錦江館

徐廷中遼源人其先為該地土司去年來京師呈請於六站撥地分別設治

據稱諸地有內地者有未內地者計千畝而外人口約千數百萬地面縱橫約

三四千里

服從與獨立名相反相實成　烏阿通阿

三月十四日（丁巳年二月二十二日乙卯）　水曜日（即星期三）　國民日記

提要
（交際）

（通信）

（氣候）　晴風

（溫度）　朝八時四二合　后一時五六合

自管理自教育智識之基礎也　斯邁爾

三月十五日（丁巳年二月二十二日丙辰）

木曜日（即星期四）

提要（交際）

作

（通信）

（氣候）

（溫度）

朝八時四四°

儒者立心便以四海九州為己其功夫則自克勤小物做來　張楊園

三月十六日（丁巳年二月廿四日丁巳）　金曜日（即星期五）　國民日記

提要（交際）

（通信）

（氣候）晴

（溫度）朝八時四六°

士俊函家矣假來渠家及吾家皆好 舊曆二月七日至家 二月九日發信 惟吾四弟病可念也

又言慶著出嫁三月八日（舊曆二月十五日）吾婦當以三月六日送女於井吾得

士俊書頗怨田兄之無一字無電也

客來

俄羅斯京城為民黨所佔據組織民國政府消息至確也俄皇有順從民意之表示云

俄之革命於戰爭必生變動吾國外交洵棘手之至也

三月十七日（丁巳年二月二十四日戊午）（春社）　土曜日　（即星期六）　國民日記

提要（交際）

晤叔賓勸其勿萌退也　晤叔癡告以同人財產尚無辦法
電錫卿午南使我備五師長詆羅佩金之密電已洩故也
本院質問收買烟土案財政內務兩總長出席多不能答者擬以廢約為
指歸矣
叔賓與竺君不協而囑我秘勿告　香草師乃語佩年佩年則以告也於
是　師斥我曰鄉愿曰有城府

（通信）

（氣候）（溫度）

朝八時四八〇

自由自由天下古今多少罪惡假汝之名以行　羅蘭夫人

三月十八日（辛巳年二月二十五日己未）（即星期日）

國民日記

（提要）（交際）

華僑選舉會今日選舉設賜於商品陳列所十時起之十二時始畢

訪鄧孟碩孔彥斯

又談欵實調解與竺君之誤

陟仲執報之

（通信）

（氣候）晴

（溫度）朝四八

三月十九日（丁巳年二月二十六日庚申）月曜日（即星期一）國民日記

自反二字是省事養氣最上法門　魏冰叔

（交際）提要

赴商品陳列所投第二次選擧票因有妨害選擧者衆議附未投票而散

大總統緊急命令權今日否決

段芝泉不能擧責任之實大任當前反無所主而又力不足以貫之其用人總與人異其趣如西以陸徵祥爲外交總長是也國之無人頗可危懼當思所以補救者洵殊急也

（通信）

（氣候）晴

（溫度）朝八時四八°

爲無益之事雖勤猶惰　英諺

三月二十日（丁巳年二月二十七日辛酉）　火曜日（即星期二）　國民日記

提要（交際）

赴商品陳列所訪胡鄂公周哲謀

晚商四川事

（通信）

（氣候）（溫度）

朝八時五〇

國民日記

三月乙十一日（丁巳年二月二十八日壬戌 下午零時二十三分作分）水曜日（即星期三）

生人無論所處何地皆有當然之義務　亞只遜

（交際）提要

（通信）
致士俊及田夕
致尹仲錫

（氣候）

（溫度）
朝八時四八〇

致尹仲錫先生介紹士俊也

棄約越義而生不如死　楚昭王夫人貞姜

三月二十二日（丁巳年二月二十九日癸亥）　木曜日（即星期四）　國民日記

提要（交際）

（通信）

（候氣）朝陰　午晴

（溫度）朝八時四八°

赴施姓馬姓宴　電劉景賢

四川議員會於會館，此次各黨派之人皆有到，若集議四川五師長電

訪羅佩金督軍，報兵事也

觀夜劇，廣德樓聽演一圓錢京劇，雖女伶為之，其工處亦頗令人絕倒

既與人同樂亦不得不與人同憂　世說新語

三月二十三日（丁巳年閏二月初一日甲子）　金曜日（即星期五）　

提要（交際）

（通信）

（氣候）晴

（溫度）朝八時四四、〇　午一時五八、〇

早起赴國務院同往者四川議員二十一人並我而廿二人也言川省裁兵事而該院業電羅戴五師長靜候中央查辦其詞意已指目羅佩金為不公平 此次佩金實有扶滇抑蜀之野心頗屬欠當然黃雲鵬華嶽同一身當貿然引新曲江某某等入蜀 苟因此釀出意外或中央別有所利而為之非地方與國家福也

晚伯高伯申伯玉漢傳輔五亞休來商川事 陵生天鵬與焉

晚謁 師遠子厚先在佩嚴則已寢 楊叔堯如事撤往查辦矣 四川大勢如此

聞段芝泉難於繼任之人則江朝宗輩不足堪其負望耶

酒卷書來觀其詞旨祇足為我累耳 頗不快也

自立自重不可隨人脚跟學人言語（陸九淵）

三月二十四日（丁巳年閏二月初二日乙丑） 土曜日（即星期六） 國民日記

提要（交際）

王鐵山召飲赴之

欣觴疑酒券之意不誠故也

赴參議院外交談話會

周德鄰召飲赴之

通信

以酒券書示伯申而取決焉吾腦中忽發熱不寧之

氣候 晴

溫度 朝八時四四〇

三月二十五日（丁巳年閏二月初三日丙寅）日曜日（即星期日）　國民日記

遇詭詐人變幻百端以至誠待之彼術自窮[illegible]中涵光

提要（交際）	
通信	
氣候	晴
溫度	劇八時四四°

渫傳召飲亦說蜀事　酒奉如來北京不便諸多也特尋房主議修繕事又照
附具文假作擬作集孑生
誠自俱樂部燕集醉春居不納吾之勸戒招妓如故吾惟退而不與焉可也
聞羅佩金電中央請劉存厚陳澤霈去職如稱財川事自茶琴夫

人既知愛生命則勿浪費時日時日者造生命之原料也　佛蘭克令

提要（交際）

通信

氣候（陰）

溫度（朝八时四五〇）

三月二十六日（丁巳年閏二月初四日丁卯）　月曜日（即星期一）　國民日記

病從口入禍從口出　傅元

三月二十七日（丁巳年閏二月初五日戊辰）

火曜日（即星期二）

提要
（交際）

（通信）

（氣候）

（溫度）

朝四四°

三月二十八日（丁巳年閏二月初六日己巳）

水曜日（卽星期三）

國民日記

凡作事將成功時其困難最甚的機埃

提要（交際）

（通信）

（氣候）晴

（溫度）朝四〇

三月二十九日（丁巳年閏二月初七日庚午）　木曜日（即星期四）　國民日記

提要（交際）

通信

氣候

溫度
潮四五〇

赴商品陳列所內選衆人竟不足法定數則候補人終不能選出乎
亮工自上海來赴停車場迓之夜飲於明湖春

阿諛從人可羞 剛愎自用可惡 姚舜牧

三月三十日（丁巳年閏二月初八日辛未） 金曜日（即星期五） 國民日記

提要（交際）

昨夜將曉忽煖極先揭去毅衣次揭去覆氈乃安眠

香萃師召赴沙鍋居飲啖 沙鍋居自前明以來歷清至今而專售豚肉之飲食店也有鍋相傳為明以來故物察之蓋非沙鍋乃陶器也其桌凳亦確為古物然洗滌至潔其光瑩然而食品至二十四肴皆豚身而分別治之價較他肆獨賤最豐者值三元耳食者師王采芑顧七爺（即伯先生佩年之知）復生朱某（平 縣人 犖陸）及叔而七人也

陳雲樵（名明煌 屏山人）得其家縣地契並集霸山伯瑯與商

士俊來書云吾大女應緒婚期改為陰曆二月廿四日

（通信）

（氣候）（溫度）

溯四九〇

三月三十一日（丁巳年閏二月初九日壬申） 土曜日（即星期六）

提要（交際）

泌子来 偕雷明心訪周润生劉鴻岷

昨夜眠未足 晝寢 臨華山碑

与泌子飲酒

無會議

士俊謂縣俗日即於奢 吾家不免為俗尚所撼 吾味斯言 憂思深矣

（通信）

（氣候） 晴

（溫度） 朝八時 五三〇

勤以得之儉以守之勤而不儉無異左手拾而右手撒也 —彌附敦

四月一日（丁巳年閏二月初十日癸酉）

國恥日（卽星期日）

國民日記

提要（交際）

訪印伯先生之林名欽於玉樓春

（通信）

（氣候）朝陰

（溫度）朝八時五六°

四月二日（丁巳年閏二月十一日甲戌） 月曜日（即星期一） 國民日記

提要（交際）	葉夏聲来，云段政府有懸賞捕議員者，北電探求，香帥之通緝查若政府委是誤也
（通信）	
（氣候）	晴
（溫度）	朝八時五九°

人皆抑我必我無背人皆毀我必我無養　中涵光

四月三日（丁巳年閏二月十二日乙亥）火曜日（即星期二）

國民日記

提要（交際）

（通信）

（氣候）晴

（溫度）朝八時六二〇　后一時七六〇

四弟來談，詳述家中窘狀，去年以來負債積千六百緡，而吾婦及田兒方且以有錢自詡，痛用揮霍，雖富必敗，矧吾家乃窮耶！所幸吾母賴之去年為康健也。

劉履階來說成都教育行政甚詳也。

畏友勝於嚴師羣游不如獨坐　—申涵光

四月四日（丁巳年閏二月十三日丙子）　水曜日（即星期三）　國民日記

（交際）提要

宮崎氏藏野滿四郎來訪亮工導之

錫卿諸人電挽招羅鎔軒 而謂萬一不行則由西林督蜀

夜謁師與佩年 道及田兒所行皆為我太息也

（通信）

（氣候）晴微寒

（温度）朝八時五八°

天下無論何事但人所能爲者則我自無不能之理　訓古

四月五日（丁巳年閏二月十四日丁丑 下午四時三十六分清明）木曜日（即星期四）　國民日記

提要	
（交際）	
（通信）	
（氣候）	朝陰
（溫度）	朝八時 五三、○

四月六日（丁巳年閏二月十五日戊寅）金曜日（即星期五）國民日記

立品者令人愛不若令人敬令人敬不若令人服 魏環極

提要（交際）

（通信）

（氣候）（温度）

不侵他人之權力而遂己所欲為者是謂自由　法律命令宣言書

四月七日（丁巳年閏二月十六日己卯）　土曜日（即星期六）　國民日記

提要（交際）

訪劉履增　江椿道劉瑩澤之庸駭胡忠虎林岱一衆伯鋼之蘄官皆從其
擬凡當將之一人而兩缺一缺而三官若胡林裴為之也蓋其任狀依三人各
缺若干其狀空白而經按使印文劉澤瑩簽名印章皆備某缺出則三人
者各填給一紙以官其所私而不相為謀非是之官者同時有數人焉腔
狀則無一不如式期日亦同所不同者狀之編號數耳
得田兒今日電眷屬將以十日始程計月杪當抵京師也

（通信）

（氣候）朝晴

（溫度）朝八時　五二〇弱

四月八日（丁巳年閏二月十七日庚戌）　國[illegible]會　（節星期日）　國民日記

（提要）（交際）

赴天壇　兩院議員麕集天壇人植柏一株以爲紀念回顧民國二年之今日中華民國
正式開國會開會情形悵悵無似　是日也吾益植三柏去
四川公會開評議會未成
夜過佩丰遇樊孔周

（通信）

（氣候）朔風　雨黄沙

（溫度）朝八時　五三〇

成功之秘訣在始終不變其目的　畢困士脫特

四月九日（丁巳年四月十八日辛巳）　月曜日（即星期一）　國民日記

提要（交際）

客来费我半日功夫午後赴會以人数不足而散遂過熊濟周

佩年孔肖来

川事擾擾予心頗不厭於羅銘軒也

吴玉章来訪不見數年矣相對欷歔

田兒書来以吾家負債為憂然歸獄於家人各存私利之見而口儉而行不儉也

前日仲凱妹倩及仲言姪之語意已涉於此種情形惟四弟所言吾妻与吾子之間口有錢適足证明仲言仲凱之言而舉家皆俗之如醉不悟獨責其一方面也是當使兩様承受財產之權確定又戒妻子力崇儉德庶能一家和洽焉治家誠難耶

（通信）

（温度）朝八時五五○

（氣候）晴

四月十日（丁巳年閏二月十九日壬午）　火曜日（即星期二）

交際提要	通信

去年今日亡友謝兆南死於濰縣殉國也，忽忽朞年矣，悲夫

伯康遷往鄭守瑕家

陳澤霈撤任而任錫卿為旅長，羅佩金尚長於用術也

氣候	溫度
陰晴	朝八時　五八〇

人無一定主義一見旗色即從之最可鄙者也　余破舊第一

四月十一日（丁巳年閏二月二十日癸未）　水曜日（即星期三）　國民日記

提要（交際）

訪王章遇李石曾　又訪宮崎氏萱野滿四郎及陳氏鍾遇黃展雲

曾春谷來殷必欲假路費若干於我

李公度以去羅之事相要隨而應之而已

（通信）

（氣候） 朝陰

（溫度） 朝八時五六、〇

四月十二日（丁巳年閏二月二十一日甲申）　木曜日（即星期四）

勿以惡小而為之　勿以善小而不為　淮南子

（氣候）晴

（溫度）朝八時五五〇

（交際）（要提）

無謂之客未廢我功夫　午後寫字數行還浴夜赴周潤生之召　談帥略

喟歎四川之事因

（通信）

簡言擇交可以無悔吝可以免憂辱　李邦獻

四月十三日（丁巳年閏二月二十二日乙酉）　金曜日（即星期五）　國民日記

提要（交際）

四弟与吾女成婚后假来此為弟一般也茲自成都欲北遊京師
劭山来視吾疾　酒券抵北京初以為當在十六日始得到也遂請假挽韓
天鹏偕往迓之晚九時再往松尾旅館迎居於吾家東房

通信

大女婿曾作述来書

天候

晴

温度

朝八時五五.〇

聽婦言乖骨肉豈是丈夫。朱柏廬

四月十四日（丁巳年閏二月二十三日丙戌） 土曜日（即星期六） 國民日記

提要（交際）

（通信）

午前入市返滬 香草師不留還將途中遇佩韋

（氣候）

（溫度）朝八時 五六〇

輕諾者必寡信與其不信不如勿諾　中淵光

四月十五日（丁巳年閏二月二十四日丁亥）

日曜日（即星期日）

國民日記

提要（交際）

左丞容滬歿一婦而遺其妻煖華煖華以歿未採其蹤跡竊之蓋報不知左丞處

雪厓來書述其公姑病狀其情至苦狀之殆可念也

四川公會開評議會至四時始集六時散會遂赴江西會館候客是日備二筵有

宮崎民藏野滿四郎小村俊三郎其他皆友也小村現任日本使館書記

而餚饌不治祇慢客耳我殊不快也

請殷師代書為文以壽勛山之母嘗不欲拒也

通信

殷雪厓渡華

上殷帅書

氣候

姓

温度

朝八時六〇。〇

在我既皆見以為是即當措置諸事於度外　畢達哥拉斯

四月十六日（丁巳年閏二月二十五日戊子）　月曜日（即星期一）　國民日記

（提要）（交際）

（通信）

（氣候）晴

（温度）朝八时五六〇

憲法會議以人數不足法定人數而散。遇佩弓細譚兩家生計困窮及財政當局與夫收買烟土案之賄賂情形，而歸於用度不節之所至，吾尤引以自危。蓋自去年六月返國至今，議員月入達三千八百圓，而合計錫卿、景賢所寄，電費、伯高、覺生諸人所償債款，實則總額為五千圓左右，今用之既盡，而負債且有千五百圓，其中用於家者不過四百。嘗謂不量力者以我為最，設有變故之作，則朝發而夕不能舉火，一家數口，迫處鄉門，令人不寒而慄。儉者德之聚，歷境愈深，斯訓益有味也。

晚過伯琅，遊白鶴山，集商墾務研究，至一時始得歸。

能守法律則法律保護之　法律命令

四月十七日（丁巳年閏二月二十六日己丑）　火曜日（即星期二）　國民日記

提要（交際）

通信

氣候：姓風

溫度：朝六時六〇。

曾國演來訪名摩欽談四川水警事至詳

伯中來介紹之与酒參相見略談酒參來游之旨在居中國二三年後赴美國研究音樂也

燕客醒春居　古人一席之費耗中人之產引為大戒載於詩書今者前夕之燕集費四十餘元今夕費三十餘圓憶當年終日不炊求錢十餘錙以供終歲資生之本而不可得今我皇然矣

伯中謂墾務須自為料理如不能則倚人者鮮不敗勤山亦云然

勤山昔年已由汗青約入小團體今日与伯中言伯中亦慨然而諾是好友而又加以團體關係也

生命可惜名譽不可惜 英談

四月十八日（丁巳年閏二月二十七日庚寅） 水曜日（即星期三） 國民日記

提要（交際）

朝訪內務院遞送漏卯

（通信）

（氣候）朝陰

（溫度）朝八時 六〇

懲人之詐備未說破待其自愧可也　中涵光

四月十九日（丁巳年閏二月二十八日辛卯）　木曜日（即星期四）　國民日記

提要（交際）

朝謁總理，少[午後]謁總理言川事也。朝偕民主派若和派而往國務院，午後偕張知競兩諸人而往段懋堂私宅，去羅同去，羅後其繼任者主張不同，然知競固別有用心而來，世澄出言殊失體也。

通信

氣候（溫度）

朝八時六〇°

小人當遠不可顯為讎敵 君子當親不可曲為附和 申涵光

提要（交際）

論總統於是四兩川之局皆一段落既以戴戡代理督軍非吾志也特以應
度之如非戴戡所能了姑聽之可也而但申及知黔諸人則提出異議矣
當民主共和兩系共舉為十九人以不出總統府迫總統免羅佩金也余然終
默然觀其議論於是有議叔不及對戴戡之說者吾猶為此等說法為
孫行一意不察消息不思辦法不計成敗者之所言也而要事數之敗北皆
坐此弊

午後偕香草帖灘鐵輔先賢祠觀海棠丁香其花之繁為第一次見之也

（通信）

（氣候）（溫度）

居身務期質樸 訓子要有義方 朱伯廬

四月二十一日（丁巳年三月初一日癸巳 上午拾時三分穀雨） 土曜日（即星期六） 國民日記

提要 （交際） （通信） （氣候） （溫度）

赴四川會館聚鄉人議蜀事繼爲分電鎔軒積之循若及省議會商會熊
錦帆周鳳墀諸人陳說大義使息戰弭爭維持秩序而形式上以電
文屬草之促推吾及秦世澄鄒明叔陳劍秋斯科 是日也牛鬼蛇神
各有論議如胡景伊胡忠亮輩咻咻不已

四月二十二日（丁巳年三月初二日甲午）日曜日（即星期日）國民日記

自由者以不侵犯他人之自由為界二黑智兒

提要（交際）

游中央農事試驗場張仲苑所約也午後偕其所約諸客而往歸已晚矣

海棠丁香桃李皆盛開日暖風和游頗樂也煖室中牡丹已有開者

宅四來如四勿夫婦來看則令芳純東出洗傳

四川戰事燒殺至鉅且痛而外國人袒羅暫俾屬誰又不可得令人念蜀

中情形憂心如焚也　香邨師及佩韋亦曰無法

中央軍事會議當局者各有用心非國家福也

通信

氣候（溫度）

微陰

朝八時　六〇〇

機會多失於躊躇 伊撒拉士

四月二十三日（丁巳年三月初三日乙未） 月曜日（即星期一）

提要（交際）

（通信）

（候氣） 晴

（溫度） 朝八時六〇、〇 后一時七〇、〇

恭之出也，至今不得中途消息，殊懸懸。

晚田兒由重慶來電，但言恭抵渝，而開輪之期曰十六日，電文誤耶？抑係舊曆三月十六日始有汽船開駛耶？一心大不快。因此又接敬甫自瀘來緘，述其家力促張儲吾春來京，乃吾婦以村里之人不解都市事，而發此議也。設果儲來，諸不熟，誤敬甫而陷我於困耶？細按此可徵家人之自視高而有心不周之情形矣。不可慮也，益加煩惱。

國民日記

四月二十四日（丁巳年三月初四日丙申）　火曜日（即星期二）　國民日記

提要（交際）

朝後生以電話告知中西旅館為鄭毓秀二妹之姊雪琛寓也

本院常會請假雅佩來佩年與王采兆屑赴川查辦使之命也敢道

來先

（通信）

（氣候）晴

（温度）朝八時 六〇°

可憐之人皆不自憐之人故爲無人所憐　高深甫

提要（交際）

雷民心移寓与其兄鐵厓居
胡景伊乃反對王采丞張佩年之任查辦使也樣人終不致行蓋景伊欲自
謀失意之餘無聊至此私字為害甚矣
孔庚父名欽靜安寓座殊難為主与客也其實激於氣憤而乃藉題發揮
吾不取也

（通信）

（氣候）陰

（溫度）朝六時 六五〇　午后一時 六八〇

四月二十五日（丁巳年三月初五日丁酉）　水曜日（即星期三）　國民日記

四月二十六日（丁巳年三月初六日戊戌） 木曜日（即星期四） 國民日記

得自由之後非經過若干歲月則不知自由之道 馬可黎

提要（交際）

伯申謂人主張以岑西林督川余與西林有相知之雅固不能有異議今日請余省議員表示此意求其協助故將余名亦備入與余遂為主人之一矣

叔寶電詢卿意亦知其旨也惟亦含糊覆之

（通信）

（氣候）合佳

（溫度）朝八時六二。午後三時七五。

寒煖無失 適饑飽無失平 張仲舒

提要（交際）

容未 與席丹書圍棋 午後寫字

晚得田兒自重慶來片 眷屬以十二日就道 陰曆閏月廿二日 十六日抵渝 閏月廿五日

則前電稱十六日開輪殆廿六日之誤耶 慶翁亦隨此 觀片中語意

似尚未得四勿之令也 吾心私愛翁一 四勿責言 非吾女夫婦間不和之兆

耶

李驥梅決計返蜀

叔實殷函所謂師意者乃關於川事 吾之覆電亦不寄 甚矣

吾甥於純寄乃翁書 吾已眠而書至 答署為叔名 遂啓視之 尚清

楚 此子可造 吾妹將來衣食報於此歟 一喜也

（通信）

（氣候）（溫度）
朝八時六十六
后四時七十

四月二十七日（丁巳年三月初七日己亥） 金曜日（即星期五） 國民日記

四月二十八日（丁巳年三月初八日庚子）　土曜日（即星期六）　國民日記

勿以阻礙廢初志　細士比尼

（交際）提要

謁師以叔實函特上　叔實寄我書有濮仙東來一語　師頗見之動已相戒
此後我與叔實不復使濮仙置身局務也
靜安以外交事召四川議員而燕之
外交之故參議院特開全院委員會至今日已第四會矣　而以政府委員報告
不大分明對於當局者所定方針含糊其詞遂群起退席而散會矣
國民派四川議員讌四川查辦使王采臣副使張佩年於東安飯店吾致辭
日必此次四川變亂之是非曲直處置無不當而後國家可飭其紀綱而
後官四川者乃不敢效尤故國家地方之長治久安皆卜於此出之行也
五五　采臣則答曰一以人民為主不徇其他　佩嚴則曰當從去禍之根本
著手

（通信）

（氣候）陰　風

（溫度）朝八時　六二。

有字之法律本於無字之法律無字法律公理是也　米拉的

四月二十九日（丁巳年三月初九日辛丑）

日曜日（即星期日）

國民日記

（交際）提要

晚得四兄自漢口來函明日抵北京

（通信）

（氣候）陰 風

（溫度）朝十二時 六七°

四月三十日（丁巳年三月初十日壬寅）月曜日（即星期一）　國民日記

提要（交際）

命卿樹華為備百物

午後三時京漢車到正陽門西站吾妻吾大女三女五女吾子吾子婦皆現於車不見妻女者五年中更禍變幾遭不測今以平安得聚於京師乃
祖宗之靈闔家無事而後吾家始得今日其可知也　偕來有妻姪鍾貴光族外孫顏光裕又有黃君方同車　吾妻老矣吾女亦長成苟相逢道路間幾不識也吾妻吾女似若不勝惆悵亟笑而慰之　子婦范氏聰穎但軀幹纖小耳　敬請吾　本生母起居妻女皆以康健對吾母惟有一言曰望不肖速歸家也　四弟送吾眷至於瀘州

香草師明日初度　四十一周歲　與佩年壽　師於中央公園雨榭

（通信）

（氣候）（溫度）

己所不欲勿施於人者自由之界限也　法革命宣言書

五月一日（丁巳年三月十一日癸卯）　火曜日（即星期二）　國民日記

提要
（交際）

香草師召飲於東昇樓

（通信）

（氣候）｜（溫度）

子弟童年父母師長嚴者多賢寬者多不肖　張楊園

五月二日（丁巳年三月十二日甲辰）　水曜日（即星期三）　國民日記

提要（交際）	通信	氣候	溫度
		夜雨	

觀峰召飲於瑞蚨祥西樓壽香草師也

食美清念其親　說苑

五月三日（丁巳年三月十三日乙巳）　木曜日（即星期四）　國民日記

提要（交際）

佩丰与王采光之蜀送之

李骙称偕佩丰還富順

（通信）

（氣候）朝雨

（溫度）

提要（交際）

外交与德國宣戰案衆議院今日特開全院委員會審查之公民請願團
滋事遂不能開會

（通信）

（氣候）（溫度）

眞實者寡言　虛偽者多辨　德諺

五月十一日（丁巳年四月二十一日癸丑）　金曜日（即星期五）　國民日記

提要（交際）

是日憲法會議改為兩院談話會　昨日之包圍議院諸人須由行政嚴辦兩院停會待之惟憲法會議仍照進行

武昌約赴伯玉處商大局及川局補救之策自吾視之與無策等也

（通信）

（氣候）（溫度）

要與世間撐持事業須先立定腳跟　姚舜牧

五月十二日（丁巳年三月二十二日甲寅）土曜日（即星期六）國民日記

（提要）

傳說段總理決定力抗不退一說北洋派已內裂擬推王聘卿組織新內閣也而外間則較平靜

（通信）

上香草師書　復叔賓

（氣候）陰

（溫度）朝八時六四

以京中情形白香草師而為芝老深惜

野滿來孜詢吾國政象渠謂前途多險旁觀者明固不能不察其言耳

保生者寡欲保身者避名　林和靖

提要（交際）

通信：得仲純書

氣候：晴

溫度：朝八時六四〇

伯康來相對縱譚或默尔而息吳澤湘則閱新聞紙如此者半日此境數年來所未有也

午後為兒女講文約三小時頗喫力然兒女滿前實樂而忘倦

仲純言謝任叔實事不易辦到觀所論殊知有己而已安有四力与其叔令據兩閣而不名物議者耶

段總理辭職書將上而中止是有以利害動者欤湘澤告我段所慮者後辟之謀萬一不能制止則國本動搖而一身亦或蒙禍若斯言信也段之愛國固皎然矣然辭職而後未嘗不可設法十日之事國家及憲法上之奇恥而段內閣之最大責任且以是隳墜威信而失世界之同情吾以謂非辭職不可也

五月十三日（丁巳年三月二十三日乙卯）　日曜日（即星期日）　國民日記

五月十四日（丁巳年三月二十四日丙辰） 月曜日（即星期一）

涵養持守之久臨事愈益精明 朱晦庵

提要（交際）

（通信）

（氣候）晴

（溫度）朝九時七〇°

憲法會議如常開會而通過不信任決議案此乃公民請願團事之反響故易之也

一生之計惟在於勤　梁國夫人宋書

廿五日（丁巳年三月二十五日丁巳）　火曜日（即星期二）　國民日記

提要（交際）

通信：
上香草師敬師書
復叔癡及士俊
得四弟書，昔三月十日發

氣候：姓

溫度：朝八時六五〇

竟日未嘗出門，午前寫信，午後為兒女講說

四弟來，緘吾母名從母張之女至吾家教養之。嘗從母張少時，吾方孩提，愛我備至，及吾長大，則歷歷於人事，未能一日酬從母之德，勞其後。從母適張氏，以憂早死，遺孤有表女弟二人，吾母晚年益思骨月，故名表女弟來家為子孫，嘗善此意也。四姑之孫王三以不法處死刑，王三來堂三中表兄之弟三子也。姑丈獨裁繼業，與吾姑皆宅心仁厚，其後世子孫何為至此，皆謂天道不足憑，而子孫當嚴教。王三以父母早死，家庭無教誨之人，卒陷於法，烏乎悲哉

無辭職之意，吾竊引為危，國家若芝泉個人皆非宜也。函敬 香草使得芝泉翻然而辭，則國之安危，個人之令名，胥於是賴矣

五月十六日（丁巳年三月二十六日戊午）　水曜日（即星期三）

圖大者當謀於微　朱晦庵

提要（交際）

（通信）

（氣候）（温度）

朝八時 六九°

五月十七日（丁巳年三月二十七日己未） 木曜日（即星期四） 國民日記

提要（交際）

（通信）

（氣候）（溫度）
晴

民國二年吾以國會議會員被選之日也，至今閱五載，吾仍供職參議院，而接眷病未居京師，外交棘手，犇及內政。自本五月十日公民請願團圍統衆議院毆辱議員，形勢急變險惡，解散議會，促根本解決，諸不祥之議論，篡然作矣。國會之危，其五月乎？國家多難，怨忪憂之矣。

（提要）

（交際）

延倩恐丈來為吾妾及兒婦治病

給王若農四十圓錢氏蘇報社訴事之薪金也蓋叔擬假稱報社已脫離關係故以

此數畀在京諸人將晁與伯申七人分任之而我之空乏甚矣

時許失洋赴憲法會議遲至後時而未抵門而會散蓋不足法定人數也殊悵悵

過伯申探政局消息所聞與予無異也

氣候忽燥十度三四時僅著單衣夜黑風正九時後

（通信）

（氣候）姓

（溫度）朝六時七五〇

和以處衆　恕以待人　李邦獻

五月十九日（十七年六月二十九日辛酉）　土曜日（即星期六）　國民日記

提要（交際）

（通信）

氣候：陰　午后小雨

溫度：朝八時

函黄雲鵬借寫字也

香草師之長子孟栗世棣名植闓以陰曆四月三日成禮附函賀以十二字曰行在孝弟忠順宜其家室子孫蕃自丁未以還然不知讀書事今倩數人代儗聯語皆不當吾意祇得自儗不能計工拙也

作書寄叔痴仲執

仲執得李堡統閣鄂江蘇如數日不入一錢鹽米之需無出來書頗急此人情也應以寬之

涂子厚電話告叔曰總理決計引退但斤斤慮致紛亂耳故又派張乾若赴津勸徐菊人私制止退將之意外也如此國家之福也芝泉今聲不墜之道惟在京督軍已裁解散國會之議矣

五月二十日（丁巳年三月三十日壬戌）　日曜日（即星期日）　國民日記

提要（交際）

（通信）

（氣候）晴

（溫度）朝八時六九°　午三時七七°

吳洋湘來商赴日本留學事，而費無所出，蓋於游洋之士之資者，而學至不一也。伯皋謂大局之形勢或不能十分決裂也。

席丹書於吾婦初抵北京，以其婦名片並吾婦請女謝之，彼不能不往謝，今日特偕吾婦訪之。

各報揭在京督軍孟恩遠吉林、王占元湖北、張懷芝山東、曹錕直隸、李厚基福建、趙倜河南、李純江西、閻錫山山西、倪嗣沖安徽省長、田中玉察哈爾都統、蔣雁行綏遠都統及楊善德浙江代表趙禪代簽、張作霖奉天代表楊宇霆代簽、陳樹藩陝西代表瞿壽褆代簽、張廣建甘肅代表吳中英代簽、畢桂芳黑龍江代表張宗宸代簽、譚延闓湖南代表張瑞鵬代簽、楊增新新疆代表錢桐代簽、姜桂題熱河都統代表馮夢雲代簽、師景雲江蘇督軍代表、王文華貴州督軍代表、葉荃雲南督軍代表等呈大總統國務總理文及通電各省文，藉口制憲而請解散國會也，足謂非常之變。

一九一七年

勇猛剛強者戒太暴仁愛溫良者戒無斷　金樓子

五月二十一日（丁巳年四月初一日癸亥下午十一時四十五分小滿）月曜日（即星期一）

國民日記

提要（交際）	通信	氣候	溫度
		晴	朝八時七一〇

憲法會議又以法定人數不足未開議也憲法研究會又不出席抵制之故

赴天收祥假款僚靜安於此不能不悔前日之隔於微生高也

昨協揆自南來書意頗恰甚

今日謠諑百出各督軍及代表相率出京議員有挾裝客外國飯店者

庸人自擾其此之謂乎我家居不出耳清心靜處之固泰然也

不能制己不能自由　畢達哥拉斯

五月二十二日（丁巳年四月初二日甲子）　火曜日（即星期二）　國民日記

（提要）
（交際）

參議院常會

訪李石曾

今日政局消息稍平靜芝老與王聘卿商總任內閣或不至亂耳

（通信）

（氣候）晴

（溫度）朝八時　午后七時八〇

有一分矜張便有一分挫折　胡氏弟子箴言

五月二十三日（丁巳年四月初三日乙丑）　水曜日（即星期三）　國民日記

提要（交際）

（通信）

（氣候）晴

（温度）午後五時七七〇

折赴徽院伯琰以電話來詢外間消息蓋有謠也比赴院業已會矣而逃席者又退去國事之難乎

四弟書來詳寫其負債之狀曰不得了我在此亦朝不謀夕真不得了矣浪用與不量力而濟人其陷於窮困一也　吾母以不得四弟消息每日思之老人為子孫勞慮維孫女之婿亦拳拳為此

四時五十分伯泉電告大總統已令免段祺瑞國務總理及陸軍總長職而以外交總長伍廷芳暫行代理國務總理以陸軍部次長張士鈺代理部務以參謀總長王士珍為臨時京津一帶警備總司令江朝宗陳光遠副之免疑震撼中得此青天霹靂黃陂英斷可佩而芝老清介果毅竟以誤於羣小而去亦大可惋惜者也市安如常膽怯者稍稍自擾耳

五月二十四日（丁巳年四月初四日丙寅）　木曜日（即星期四）　國民日記

還少許之債負得多分之信用之基礎

提要（交際）

通信

候氣　小雨

溫度　午前八時七十°

聞段閣免職之耗，大總統已派人邀徐世昌繼任為國務總理，吾未敢以任國之重許徐，今出此策，是拘之目前，而非中國所以圖進取。若世昌於北洋軍人，以其輩負一時之望，其出也，宜若可以調和解南北之域限，然自清季至民國四年，徐皆當國，而卒無大政可紀，清之亡，袁氏之稱帝，周難謂與非若，故不足以任今日之政。

收斂此心　緊束此身　胡清甫

五月二十五日（丁巳年四月初五日丁卯）　金曜日（即星期五）　國民日記

提要

（交際）

石芝師伯康及吳權奇來

（通信）

權奇先生身受四川省城戰禍之慘，伏甕下者三日夕，迫彈止乃敢出，出而散給麥餅於被難之人，攜五身撒麥餅千七百餘枚，尚未及難民相聚者十之四也，而不相聚而投他所者猶不知凡幾，嗟乎，此乃督軍署前區區之地，其慘也已如此，羅佩金之肉寧足食乎，權奇隻身布履單衣手傘奔赴鄉門，為吾蜀人呼籲，令人起敬也

（氣候）

（溫度）

午前八時　六九〇

午後八時　八五〇

五月二十六日（丁巳年四月初六日戊辰）　土曜日（即星期六）　國民日記

道德爲保護自由之本　司美士

提要（交際）

（通信）

（溫度）（氣候）晴

客至假許

祥啟四弟冀能理家事萬一也

人之所以異禽獸者以其有仁義也　鄭義宗妻盧氏

五月二十七日（丁巳年四月初七日己巳）　國恥紀念（即星期日）　國民日記

提要（交際）

赴同鄉會吳權奇初自成都來特報告成都戰禍之慘於衆也

赴留法儉學會大會

佀南夜來譚　吾欲遣吾子學於日本佀南以爲不可

衆議院今日特開常會同意以李經羲任國務總理政局於是可以稍安然李經羲官於前清致鉅富其子國爲民國時巡按廣東將去官受賄三十萬而縱賂其袖至今尚在經羲左右又任貪猾如鈕傳善之徒其著者也　余頗恐之前日財政總長一席吾對於經羲已不同意今猶是志也　然目前政局轉捩之機王士珍不出則惟經羲耳　於是歎人才之難時會之否矣

（通信）

（氣候）晴

（溫度）午前十二時　八二〇

五月二十八日（丁巳年四月初八日庚午）　月曜日（即星期一）　國民日記

聲色者敗德之具　李邦獻

提要

（交際）

（通信）

（氣候）（溫度）

朝八時　七六。

五月二十九日（丁巳年四月初九日辛未）　火曜日（即星期二）

國民日記

論大計者不可惜小費　劉晏

提要（交際）

（通信）

（氣候）小雨

（溫度）朝八時七四〇

愛自由者人之天性也然往往過度而陷於放逸　斯賓塞

五月三十日（丁巳年四月初十日壬申）　水曜日（即星期三）　國民日記

提要（交際）

（通信）

（天候）会

（温度）午前九時七七〇

合天下之私以成天下之公　顧亭林

提要

（交際）

（通信）

（氣候）（溫度）

五月三十一日（丁巳年四月十一日癸酉）　木曜日（卽星期四）　國民日記

不可將第一等事讓與別人做」 呂經野

六月一日（丁巳年四月十二日甲戌） 金曜日（卽星期五） 國民日記

提要

（交際）

（通信）

（氣候）（溫度）

導諛之言不可聽　至公之論不可忽　貝德秀

六月二日（丁巳年四月十三日乙亥）　土曜日（即星期六）　國民日記

提要

（交際）

諸督軍設總參謀處於天津，雷震春為之長，通電全國，而徐世昌為大元帥，宣統復辟之說囂然矣。

（通信）

（氣候）

（溫度）

六月三日（丁巳年四月十四日丙子）日曜日（卽星期日）國民日記

提要（交際）

胡覺詁哥程伯衆李伯玉則皆行矣祝遇之亞休處

介紹田兒於胡忠玉為取款計也　家眷之安置使余心上下矣

初與劉亞休匯百金寄家今止之以吾無餘資值世變必難踐約也亞休

乃謂可以借余不必止匯意至可感又與雷民心商請付百金以外民心慨

然允我足慰家室東京之累然猶不足遊內李伯中開口伯中約赴通州

面言乃翁言之事出無竣容當為通州一行

（通信）

（氣候）陰

（溫度）

兼聽則明　偏聽則闇　一魏徵

六月四日（丁巳年四月十五日丁丑）　月曜日（即星期一）　國民日記

提要（交際）

（通信）

（氣候）晴

（溫度）朝八時　七四〇

治酒食款覺眾四分
憲法會議又以人數不足，改為談話會。眾議院議長吳景濂報告大總統將提案以王士珍為國務總理，咨交各省議員之出京者促其還京備兩院投票也。
夜過林子超，詢上海情形。中山先生及少川諸人皆未嘗有備孚獨立
籍督軍之行動也。於是知新聞紙之捕風捉影矣。

六月五日（丁巳年四月十六日戊寅）　火曜日（即星期二）　國民日記

（交際）提要

出探消息

訪佩嚴顏伯俊生

總統提出條件五與諸獨立省軍商一可以退位二總統依法繼任三取消獨立使軍隊各還原防四不使南北分裂五不牽動外交

（通信）

（氣候）晴

（溫度）朝八時七七°

不能制己而欲制人愚也　拉伯沙

六月六日（丁巳年四月十七日己卯 下午三時九分芒種）　水曜日（即星期三）　國民日記

提要（交際）

參議院常會既開議矣乃因爭執而退席者衆遂散會時事如此猶徒爭意氣國云乎哉

叔實欲將西歸昨電止之或能聽乎

通信

氣候　晴

溫度

六月七日（丁巳年四月十八日庚辰）木曜日（即星期四）國民日記

提要（交際）

赴通州相宅且與伯中之父商貸款也

仁初來　張勛將來京以六千人從何耶

晚又得叔實賊西歸決矣以五日之夜離上海也

日來獨立諸督軍內潰之風傳益熾順逆之勢既無可逃而內之主張又各異惜中央與湘之無非常之計謀以治此烏合之叛徒也

有韓偉者由永寧以電來似任古蘭徵局而與縣知事王翼有齟齬者不知其人置之

（通信）

（氣候）（溫度）

朝八時七七°

艱難出惆悵生苦惱出愉安來　佛蘭克令

六月八日（丁巳年四月十九日辛巳）　金曜日（即星期五）　國民日記

提要（交際）

檢小說歐陸偵探秘史盡一冊所得之益各德堪任之

（通信）

（氣候）晴

（溫度）朝八時七七°

咬得菜根則有事可做」汪信民

六月九日（丁巳年四月二十日壬午） 土曜日（即星期六） 國民日記

提要（交際）

（通信）

（氣候）

（溫度）朝八時 七九°

父母之恩水不能消火不能滅　（俄諺）

提要（交際）	通信	氣候	溫度
		晴	朝八時

晨起樹華來心意而近於擾也述德人某之意謂一秩序亂也可暫避其家

赴天津偕香草晤時事無可為也國力甚弱矣嗟夫

七省之獨立也以大總統免總理段祺瑞職為辭名而中情各有所懷故至今日其勢甚渙於是張勛乘時而起以解散國會為唯一辦法進兵京城請以調停爲名以兵力恐黎元洪乃大動竟食前言特令解散國會矣代理總理伍廷芳拒不副署遂欲伍未就職之新總理李經羲任義亦不顧身冒不韙而解散事以傳切人固不可有苟且自全之念黎元洪既因苟全宜其出此也國會消滅后元洪果能自全乎哉

張紹軒平時以復辟奔走前清舊臣既到天津乃絕口不道復辟其幕中正自有人在也雖然其最後仍必出於復辟特遲速之差耳

六月十日（丁巳年四月二十一日癸未）[illegible]（即星期日）

六月十一日（丁巳年四月二十二日甲申）　月曜日（即星期一）　國民日記

提要（交際）

（通信）

（氣候）（溫度）朝八時七八〇

德堪病頗劇我在伯瑕家彼話電促非常逼周身而汗勃山薦一醫者陳君

近晚德堪微溫漸復元狀似瘧也

叔孫南行贈以金并致滄伯俊生

每日勤學一時積至十年雖愚亦智　斯遺附

六月十二日（丁巳年四月二十三日乙酉）火曜日（即星期二）國民日記

提要（交際）	（通信）	（氣候）	（溫度）
四月決赴天津		晴	朝九時八一〇

六月十三日（丁巳年四月二十四日丙戌）（入梅）水曜日（節氣期三）國民日記

提要（交際）

德祺今日仍病但稍減耳

四弟赴津

晚叔寶佩卿來 佩卿別後無書來今託其函四川省長戴戡促其辦理列子恤金及列子之子瑞書官費也

晚叔寢

（通信）

（氣候）（溫度）

午前八時八二°

失名與而得利徒猶損失也　撒伊拉士

六月十四日（丁巳年四月二十五日丁亥）　木曜日（即星期四）　國民日記

（交際）提要

（通信）

（氣候）奇暑

（溫度）午前八時八四°　午后四時九四°

而於潘式尼暂借兆賢恒金二百圓而分給諸友已在百圓之上合计吾及家人之路费尚不足也

六月十五日（丁巳年四月二十六日戊子）　金曜日（卽星期五）　國民日記

提要
（交際）

居常一切瑣事

四弟由津歸　香草所合吾家之南行促四弟歸告舟期

以財力限人決留家北京姑暫作兩月為準　待吾南游計生活力而定行止如所謀

不遂始則挈家歸耳

（通信）

（氣候）晴　小雨

（溫度）朝八時八二〇

勤則家起懶則家傾儉則家富奢則家貧　梁國夫人宋若昭

六月十六日（丁巳年四月二十七日己丑）　土曜日（即星期六）　國民日記

提要（交際）

晤伯如，告以瑞書官交如湘津路蔡松坡之弟着辦理

晤雪壁。吾久不与雪壁晤，而雪壁似有怨者，故晤之

子厚告段芝泉將出而恢復國會以掩前愆

（通信）

（氣候） 陰

（溫度） 朝八時八四°　后三時八七°

六月十七日（丁巳年四月二十八日庚寅）　日曜日　（即星期日）　國民日記

提要（交際）

伯中玉章來濟午后赴天津
謁　香草師天津而叙之態度与所聞於子厚者不同也
大女履箴之隨其母來京師也告我曰四勿云然　香草師曰四勿慮吾婦受
呵責於我不敢言實而曰汝云然其實乃未嘗令大女偕來京師四
勿匪但不言實於我并不敢言實於乃母用心至苦而於吾女至愛姑
媳之感情不幸有虧不若母子之無間故隱吾女之過而引為己之過
也雖然烏可以久遂決於明日返京救吾婦吾女

通信

氣候　温度

少不勤苦，老必艱辛。李邦獻

六月十八日（丁巳年四月二十九日辛卯）　月曜日（即星期一）　國民日記

提要（交際）

（通信）

（氣候）（溫度）

晨起以車還北京撫家，家人皆驚，非意外色，然以喜益。自政變以來，此民眾人罔不撼風鶴之驚，而吾家速我回行者非一日矣，百方督以無意外事，亦能信也。十年能任憂患，故婦子皆栗栗然。吾今出而复还，举家大局之實，故特驚喜也。午膳後進吾女慶箸戒之文語四句，以致戒女不諱之悅。忽睡於是，半日功夫昏昏然在睡鄉矣。

立名以一生而失之僅頃刻　英諺

提要（交際）

盧伯琅因吾約之故遂遲以昨日赴滬吾反恨於其約今晨遂行而雨大至永無乾者不得已折回午後始成行也攜備布衣薄被吾婦意也否則必受寒矣北京氣候不常如此

抵滬訪伯琅已去吾心頗自歎登新銘輪船遇張某張某楞生告我督軍團將取消其獨立迫於外交界之指日而干涉也日本田中某謂朱家寶中國內政五日而不解決外交團必起而干涉日本以外交團之干涉中國內政也必從而干涉之干涉必以武力嗟夫倪嗣沖之徒視國家政府如無物聞外人一言而收兵如恐不速雖其良心未盡泯滅而不能奉法以圖國家之安者其罪尤昭之也　徐世昌梁啓超皆罪之魁

（通信）

（氣候）（溫度）

大雨

六月二十日（丁巳年五月初二日癸巳）　水曜日（即星期三）　國民日記

寧乞辦稱寧作事辦作乞丐　假誠

提要（交際）

（通信）

（氣候）（溫度）

新銘船小而行遲朝五時解碇吾艦激而出已近蘆沽兩岸皆膏腴地塘沽
泊數小時備石炭也出大沽口望既毀之礮台河口北岸一南岸二形列如
品字築土壘之其牆拆時費五十萬嗟夫
海中與　香草師縱談過宋閣源曹玉德劉公哲文屢佛眠

耳無塗聽目無邪視　班昭

提要（交際）	（通信）	氣候	（溫度）
		晴	

晨船舟已抵烟台，泊港外，霧也。霧解入港。市俯海岸，列肆山麓，為山東海口重地，有砲台二。其近岸出海時小山一，西人領事館據島地之勝，若昔踞非洲寺，今則踞於外人。固勢不能，靡不隨時隨地見其端也。

美洲有入海欲取海底泥以驗，有根十丈銅管一枚，繫二枚於海洄者，入海不得其泥底取之。昔開紅海亞剌伯人及新加坡有能見者，今烟台亦得見之。

午後四時舟離烟台，有風，微浪，及船搖首，年前所未有也。

六月二十二日（丁巳年五月初四日乙未上午八時夏至）金曜日（即星期五）國民日記

提要（交際）

海風頗凉，著布衣猶不支也。舟稍震，暈之時多矣。

（通信）

（氣候）（溫度）

陰

卅處知識在立志不在年齡之多　普拉達士

六月二十三日（丁巳年五月初五日丙申）（夏節）　土曜日（即星期六）　國民日記

提要（交際）	（通信）	（氣候）	（溫度）
		晴	

晨八時到抵上海遂與卿別先偕盧佛眼劉公入泰安鋒棧即訪謝伯
毅伯璣見中山先生旋移居京長春棧伴伯璣也初將發京師
應伯璣之要來吾家吾寄伴伯璣約其取道天津結伴浮海及
吾弃及京師遂與伯璣相失伯璣乃先來滬京師函南吾煩歉故
到即弃之與同居所以補吾過也
(午)端午晚飲酒極多非所欲　香帥在也

人須有廉恥有廉恥則能有所不為　朱晦庵

提要
（交際）

（通信）

氣候（溫度）

六月二十四日（丁巳年五月初六日丁酉）

星期日（即星期日）

國民日記

六月二十九日（丁巳年五月十一日壬寅）　金曜日（即星期五）

與其有譽於前孰若無毁於後　韓退之

提要（交際）

（通信）

收四分

（氣候）（溫度）

子弟年少時勿令事事自如　申涵光

提要
（交際）

（通信）

（氣候）（溫度）

六月三十日（丁巳年五月十二日癸卯）

土曜日（即星期六）

國民日記

七月一日（丁巳年五月十三日甲辰）　（即星期日）　國民日記

提要（交際）

通信：示田兒

氣候：晴

溫度：奇熱

偕龍皆鐵崖來，織索其弟氏心之跋語，覺悟無匹，交迫絕矣，雖欲死此，歎不能，不即慣也。返示田兒，兒與商以請假并發誓，皆使知吾於氏心先固有約，非足知處之之難，而歎吾之擇金諸人，無之無一日之備，若不當從井也。

午後五時，過滄伯，而紹尊來，並報言張勛於今日擁清帝復辟矣，遂赴中山先生家，其說確也，電話告香草卿。

滄伯約飲，請楊紹尊，今夜離上海返川。

鳳石來，謂將於明日西還也，深以川局不易統一為慮，吾謂其易也，所以解之

早起有無限好處於夏月尤宜　中涵光

七月二日（丁巳年五月十四日乙巳）　月曜日（即星期一）　國民日記

提要（交際）

（通信）

（氣候）（溫度）

姓

名

謁香草師皆謂非馮國璋依法代行大總統職務難易收拾吾謂如此
收拾固易然納國家法治之軌則非馮氏無望過溫欽甫
得田兒兩緘一廿五日一廿九日發皆謝四妹書舉家皆安然今日則吾惴惴然隱也晚傳說
黎大總統約同北洋陸軍已與賊戰則京城秩序不可復保也必矣
與田兒書令相機移眷南來此等書當不至為賊所忌
香草師以夜半赴南京

七月三日（丁巳年五月十五日丙午）火曜日（即星期二）國民日記

作事過遲不如不為　英蘇

提要（交際）

赴虹口回會議員到上海者會議於日本飲店六三亭擬以海陸軍辦事處之組織電西南各省又有提議不認馮國璋為能奉法者

黃太炎之意將來當以中山先生繼統民國今惟以海陸軍辦事處以中山先生總其成　但海軍全無可疑而盧永祥有無別心當細酌也

吾初到上海滬中山先生即為言段徐張一日復辟耗至又為段祺瑞馮國璋諸人欲以擁護共和為幟而先發起兵宜加之意中山則不之信而謂必屬諸復辟者且曰足下之師香草亦復辟者也昨日吾與葉夏聲言葉曰不承認之以攻孫伯蘭則曰馮氏推走耳今日則段有起兵之電馮亦將代行總統職推而擬責猶是馮之也國事誠難為矣

（通信）

（氣候）晴

（溫度）奇熱

自由常以智德得之　斯非的巴里

提要

(交際)

(通信)

(氣候)|(溫度)

七月四日（丁巳年五月十六日丁未）　水曜日（即星期三）

國民日記

不孝父母而盡情於他人無益也

梭格拉底

七月五日（丁巳年五月十七日戊申）（月食）木曜日（即星期四）國民日記

得田兒自天津書已全癒於二日赴津即夜登奉天輪船念安矣吾家亦至有喜

外失

窮約當時念守分二字　姚烜牧

七月六日（丁巳年五月十八日己酉）　金曜日（即星期五）　國民日記

（交際）提要

省相宅雨雨不止雨止出門已下午二時矣宅卜於慕樂里

滌仙代我赴黃浦江而輪船不至

請香草師貸百圓不然殆矣

（通信）

（氣候）（溫度）

大雨

七月七日（丁巳年五月十九日庚戌）　土曜日（即星期六）　國民日記

提要（交際）	（通信）	（天氣）	（溫度）
		陰	涼爽

朝八時吾妻率子女及田兒婦暨四多氏偕吾尚未起〻而相見一家頗樂也奉天輪船黃海遇風又沿岸泊威海衛青島故昨夜始入吳淞乘客今日黎明登岸

洗除新屋下午率家人入居之法租界巨籟達路喜樂里十號宅也

亮工以還川未商

七月八日（丁巳年五月二十日辛亥 上午一時三十六分小暑）日曜日（即星期日）

國民日記

爲法律所保護者方爲權利　——亦林格

提要

（交際）

陳杞一、劉眉唐來商還蜀

殷叔桓、廖祥漢、覃伯常、青仁以介紹亮工

（通信）

（氣候）晴

（溫度）

他人保吾權利不如吾自保之尤切　斯賓塞

七月九日（丁巳年五月二十一日壬子）月曜日（即星期一）

提要（交際）

（通信）

氣候（溫度）

晴

餞黃漢卿夏亮工陳抱一劉賡虞並訪周

又餞叔凝聖祥介紹抱一賡虞也

七月十日（丁巳年五月二十二日癸丑）火曜日（即星期二）

國民日記

不勞苦不能得利故無資產者以極力勞働爲宜　英諺

提要（交際）

謁香草師請假數月食宿之資月定百圓　師許諾惟生活之計不能不急也　未去徒行張傘步烈日中汗雖流不覺苦而餓則難以忍也

借師古式椅陳之樓下客至庶不知吾之將壓斷也　亦足自笑

（通信）

（氣候）晴

（溫度）

君子不遷怒不貳過　楚野拚女昭氏妻

七月十一日（丁巳年五月二十三日甲寅）　水曜日（卽星期三）　國民日記

提要（交際）

臧仲執愛來　文徵石泉師墜倩爲函初樹華

訪仲愷不遇欲以詢中山赴粤之消息也

伯琅之妾至於京赴其居待之与勃山分覽官場現形記

（通信）

（氣候）陰

（溫度）

洛於財者失所親　管仲

七月十二日（丁巳年五月二十四日乙卯）　木曜日（即星期四）　國民日記

提要（交際）

（通信）

（氣候）陰

（溫度）午后二時　八十八〇

朝訪熊濟周子密電楊又致占錫卿使与濟周釋怨

新聞報今日記北京通信一則論復辟之役不但頭逆謀者不誅即張勛亦不能誅蓋北洋派之軍人所反辟對者非復辟也特反對張勛之復辟耳　而張勛告段祺瑞曰不可逼人太甚否則吾將揭徐州會議案使天下之人聞知該報之言如是可備參考矣

謁香草師詢師現福段依奉法師曰果如難言段祺瑞如能恢復國法免倪嗣沖職則國安而段之名振矣然安能望之馮亦無奉法之魄力且南北之分張似南北人皆有洪心此事久不易治也

不因失敗而屈常進不止　夬素克

以瀛泥告四弟云言無款匯寄家中也　不能從五月中旬陸續匯款之約故覆柬辭

訪廖仲愷探中山先生抵粵後之消息仲愷曰尚將其狀若不勝其忙碌者蓋大偉告我曰中山由汕頭登陸入莫擎宇鎮守使署而陳競存朱執信赴羊城海軍亦非全體一律

馮段可以有為而不奉法援法之利於我者用之非奉法也馮段奉法則國家安矣雖有不便然奉法而犧牲犧牲者小而名實上所收之利必自大也馮段或未知之而尚氣偏激之徒又思快一時之意左右馮段必使之不奉法而後已此國之所以必趨於裂也

訪吳山不遇遊遇孫和甫而法人以共和紀念行提燈會觀者若狂不得車步行以返疲甚

提要
（交際）

（通信）
覆四弟及陳柬辭

（氣候）
晴　夜大風　小雨

（溫度）

七月十四日（丁巳年五月二十六日丁巳）　土曜日（即星期六）　國民日記

起居時飲食節則身利而耕命益　管仲

（提要）（交際）
诣香草师，佩弁已到，昨夜由南京下舟易车而来也，谈时局不得解决之法。
十一时返，雨女往赴沧伯家，观法兰西共和纪念之戏，犹未归也。

（通信）

（氣候）阴风

（温度）前九时　七六〇

人之幸福心神快樂為上身體康強次之資財其下也　意司連西

七月十五日（丁巳年五月二十七日戊午）　日曜日（即星期日）　國民日記

提要（交際）	通信	候氣	溫度
	得季煒陸蘇五月十九日書 得卸樹華書	陰	

寫字讀書

午後吾州御佩青來兩人共乘小車出忘形也遂同赴霞波乘潭路集雲樓軒扶乩

集雲軒在升安里十四號衛生會內

季煒來織高敘可感也　樹華來織并家具錄

張君百麟來商川漢事擬電羅佩金劉存厚鍾體道周道剛熊克武以電稿出示屬署吾名許之且易其文中有曰民國締造匪易自我成之自我敗之譜公明達為思出此

膽過大心過小其失惟均　章遜

提要（交際）	
（通信）	
（氣候）	晴
（溫度）	午后二時八八〇

遐庵世澄於伯琨處，今日始至自天津也。訪佛眼哲謀皆不遇。

總統府侍從武官丁槐賫大總統印五顆至於上海，數日前已轉送南京，持呈代理總統馮國璋。今日見丁槐及黎總統往復電文，則無令丁槐送赴南京之事，而令速送京交國務總理轉呈大總統云云。往者黎大總統七月二日通電有已設法將大總統印信保護送於天津，交段總理設法送呈副總統執行代行總統之任之語，今乃如此，詎非怪事。且傳聞自丁槐言之，黎元洪總統實無任段祺瑞為國務總理之令，則吾國政局真鬼怪百出矣。大亂其無已乎。

晚赴師名同飲者溫欽甫、伍朝樞、傅其佩年也。大家慨然於去之必日趨於亂。師桐於政局為絕望，蓋於劉財雄之如長海軍也，嘅之。

七月十六日（丁巳年五月二十八日己未）（出梅）月曜日（即星期一）　國民日記

七月十七日（丁巳年五月二十九日庚申）（初伏起）火曜日（即星期二）　國民日記

（交際）提要

（通信）

（氣候）晴

（溫度）

訪劉盥訓閑靜齋談留事遂過吳山

午後孫和甫來白佩韋 致海寧雨阻今日不行遂相与而飲〻后偕返極司

非而路

一九一七年

傲慢者不愛人亦不愛於人 英諺

七月十八日（丁巳年五月三十日辛酉）水曜日（即星期三） 國民日記

提要（交際）

（通信）
得四弟兩書 陰曆四月廿五日 五月十日發

（氣候）（溫度）

午後靜安來話由天津海行而東南大風五十小時慈任明日風也船今日始到
寒熊已遊佑至議員通訊處又訪盧伯輔成鈞秋道陝諸人談次及川滇
近事盧伯諸人務欲吾人一赴唐紹川寓緘介紹非是允以次日偕劉
禪龍往
許滄伯以吳慮伯函示之竭立丹阿片服數月矣服此伯珢
族兄習之歿去碌碌一生殊可念也 吾家日益苦吾弟實家人方以吾多金也可
為太息

七月十九日（丁巳年六月初一日壬戌）　木曜日（即星期四）　國民日記

提要（交際）

訪唐紹儀不過是人烏可與言國家治亂乎

倩思來緘謂民黨不宜過致芝泉過甚去年國會開會以來凡號為民黨者皆趨於極端使人無轉身餘地卒至兩不相容而決裂見矣倩思之言關於此病洵為見到但段芝泉今日正好奉法以為國人倡而納國家於軌物乃亦偏於情感陷極端作去欲使國強而安謐無事是南轅而北其轍也奈何奈何

酒泉來啟述其所為叔謹吾家之計此女亦可感也

（通信）

得倩思書

石芝帥書來

酒泉來啟

（氣候）小雨

（溫度）午后六時七五。

一九一七年

以銅爲鑑可正衣冠以人爲鑑可明得失　唐太宗

七月二十日（丁巳年六月初二日癸亥）　金曜日（即星期五）　國民日記

提要（交際）

（通信）

（氣候）小雨

（溫度）

本田澄來遠訪靜安寺未得其處晚偕赴張臣小恆子明家

謁香草師

少南及幼田來　幼田別經年矣猶之昔也而學則日進我傷故吾矣

逢艱難始知眞友　西細洛

七月二十一日（丁巳年六月初三日甲子）　土曜日（即星期六）　國民日記

提要（交際）

吳山來　據報吳光新入川而黔滇且會師攻叙府四川可危也

雨竟未出　作緘寄倩愿樹華酒居及石師

（通信）

（氣候）陰細雨

（溫度）秋意　午后二时　七五。

最上之法律在保護道德　法律金言

七月二十二日（丁巳年六月初四日乙丑）　日曜日（卽星期日）　國民日記

提要（交際）	通信	氣候	溫度
	得叙卿牋　昨日南京	雨　午后四时止	下午四時八二〇

叙卿牋未念吾之作上海寓公也

北京日報譯字林西報論對德宣戰案謂反對者爲受德人之賄且斥及中山先生又謂公民團圍攻國會係國民黨所爲以斃段者彰明較著之事而故意顛倒之必變黑爲白亦同之不可信也如此

雨昨夜徹夜不止今日又經半日至下午四時始止而溫度較昨日反高

愚而自專罪不治　荀卿

七月二十三日（丁巳年六月初五日丙寅 下午六時五十四分大暑）月曜日（即星期一）國民日記

（提要）

午前赴松岡非而路而　卿已之南京矣

海軍宣言擁護約法維持舊國會總攬獨立諸軍之領首而第一艦隊全隊開赴

粵來

北京政府主張召集臨時參議院

（交際）

（通信）

（氣候）陰晴　微雨下一時許

（溫度）

富以苟不如貧以譽　禮記

七月二十四日（丁巳年六月初六日丁卯）　火曜日（即星期二）　國民日記

（提要）

（交際）

（通信）
得仲凱兩函柴灣
得士俊及君純娟書由柴灣
得煥佐書

（氣候）
陰晴

（温度）
朝八時八三〇

闓志遠來邀偕訪仲愷遇子超拒謀吳梁吾贊成拆謀赴粵來又遐介右
家人病者衆請勛山為我診之　三女今日看今晨早而小其時樓上無
人盡無知者此女不易言無病四日上州忽發熱微畏寒當夜愈故未
當志午后歇歇常欲睡也
午後顧如漢來商濬川源銀行事
四句鐘偕光晚舟赴柴灣邀陂愛衆仲凱及仲言

志士不飲盜泉之水廉者不受嗟來之食　樂羊子妻

提要（交際）

通信

氣候　陰

溫度　午前八時　八三〇

以甫次仲佽而仲琰勸山
福　香帥師　馮華甫亦以段芝泉馳於極端而此次復職以來無一政可以
慰國人之望曹汝霖劉冠雄張長內海倪嗣冲督晚其甚者也然不能
執柳若其左右則與段芝泉左右如水火漏相抵馮張群派其絕不免
消決矣馮華甫言及梁啓超湯化龍亦有微言
說　敏師於滬倘假不見將一年矣　師精神如故可喜惟論及議員
師謂宜有為根據之地爲今謂純當有事於滅黨　師似
猶以徹悟蠢言不至旨有未斷盡明白也
香草師應與不能擇蓋使天下陷於愈不可收拾

厚著不拙人以自益新序

提要（交際）

數日前天文台報今日當酷熱頗戒備至昨日雨涼氣逼人已知今日為平凡矣果

然

謁敏師訪覲帆不遇過通一看婞庵伯滄伯遇謝敬虛遠涵

北京政府任周道剛代理四川督軍

吳庵伯以錦帆督軍四川商於我欲由西南名義推之以示滇無侵蜀但

圖大局之發展西南兵事之進行須合川滇黔而一氣於上設巡閱使以

統御其間云云吾囑渠切之但求贊可否遂往告滄伯

國會議員當促其赴粵路費略有備矣雖然粵局究可恃否吾殊不敢

決以陳炳焜頗搯兩陸榮廷態度不可測也

保定軍官學校學生逐校長路某者排來滬一再晤滄伯不能得欵

（通信）

復帝煊函

復仲勛函

（氣候）陰晴

（溫度）

午前八時八三〇

午后六時八四〇

七月二十六日（丁巳年六月初八日己巳）　木曜日（即星期四）　國民日記

無端不可輕行借貸　姚舜牧

七月二十七日（丁巳年六月初九日庚午）（中伏也）金曜日（即星期五）國民日記

（提要交際）

昨晚得芾煌啟已交北京鈔票五百圓於天順祥甚慷慨至可欽擬備此備意外之需今日詣 香蘇師財佩年必有啟至切京鈔價落如急需用者有存泥金二百可先墊用云 陳吉人名提信令史四川來 師名昭之說川事也

議員集會於一品香不能議事贊成赴廣東者僉一名而已見是上海各國租界因吾國政爭特設禁止開會之令其詞謂會議中國政治必擾害租界治安以因會議員不能自由集會議事伏於異國政令之下國之恥也

女婦學校選聚造今日始

愛泉欲將入山求有所得擬赴西湖而以啟辭又予教以最徹之忠告雖明論未當俯從心務求中正待教以煩惱也細察其情神經似已受病如果確者則必於家庭境遇限之須有以醫也

（通信）

復仲言慶霖啟
得漢傅啟天津

（氣候）（溫度）

午前八時八二〇

愛國心必基於大義本於大德　霍領布克

提要（交際）

遲靜安乃因瑒孫之故復涉及家庭瑞然全於泣下極力寬解之

偕南山過王子騫寓長談法發無休寄渝之密電也　亞休密電錦帆而北京不能發由李獻文函寄天詳陳漢傳天詳亦不能發漢傳以屬稅局山叔送之子騫之駐上海料理錦帆事也

訪劉東初洪甚直隸平人劉家翊金源湖北平人黔縣皆不遇蓋先後還家去矣

敝師兆楓未談至久皆政治事也

夜訪立丹民心不遇　收帯煌謝其能通假也

四川劉存厚之攻黔軍於成都也戴戡熊克武死焉彭君以黔人就戡亦及於難往者川滇之相戴戡實構之而坐收漁人之利吾川民罹兵燹者不知凡幾今彼軍發身死食報亂之報可勿鑒與

通信

得伯康北京及亮工牋宜昌

收帯煌漢傳

氣候

陰晴

溫度

午後五時八七度

七月二十八日（丁巳年六月初十日辛未）　土曜日（即星期六）

成立緣來自我付託輕賤自我　姚琳牧

七月二十九日（丁巳年六月十一日壬申）（即星期日）

提要（交際）

貞田兒日來習田兒頑放任既久頗難求檢束頗引以為憂

吾妻病自眷屬由北而來南後無日不有病者

謁香洋師一二以為粵東之行宜審陸榮廷陳炳焜之趣向以定遲速吾則稍

稍異也擬十日內浮海而南

（通信）

（氣候）陰晴

（溫度）午后三時八七°

士有百行許允婦院氏

七月三十日（丁巳年六月十二日癸酉）　月曜日（即星期一）　國民日記

（提要）（交際）

勒山伯琅來　懿孫幺女兩日不食消瘦甚廣著大女腰部痛亦減食故請
勃山診之　遂偕访士逸肅三元白
德堪午前外出買藥晚七時始歸　任意嬉游兩女弟之病為學之事
胥置不顧吾於此子為絕望矣
晤王湘欲止川亂也
告四弟勤邮親族康亂每尤宜慎言善鄰又屬其面告　四母舅自今
年始凡舅氏之表兄弟有通假者皆与四母舅無涉

（通信）

致四弟士俊
上華四母舅書

（氣候）

食姓

（溫度）

午后七時八三。

七月三十一日（丁巳年六月十三日甲戌）　火曜日（即星期二）　國民日記

提要（交際）

通信
得佑文樹華書
得仲執書　梧岡醒泉談來

氣候　晴

溫度　午前八時八五度　十二時八七度　午後二時八八度

陳炳焜電北京促其恢復國會以弭西南戰禍是自處於調人地視諸前數日情形似有進矣

楊梧岡吳澤湘來談不知吾之仰食於人而欲(他)再接濟澤湘也

仲執來談述與發衆慨悟之由今大不耐來讀昨日發衆寄叔實書及仲言寄雅仙書氣量之小尚可言耶瑣碎至此非我所料也

八月一日（丁巳年六月十四日乙亥）　水曜日（即星期三）　國民日記

提要（交際）

徐固卿来访以四事属達中山先生一曰外交専注日本二曰國會三曰軍政統一機関宜速組織四曰財政統一皆要言也

与陳小蟄論川滇事小蟄謂滇當先求自固计惟據四川之一部以守耳出兵窺武漢之云皆門面語也此殆滇軍之隱為小蟄道破与小蟄滇人也

煖泉仍偕其弟平仲西歸煖泉与仲執仲言祗招其帰也若心傷然諸人皆不宏其量

通信

氣候

陰晴　十時十二時半有雨點

溫度

午前八時八四。晚八時半八七。

八月二日（丁巳年六月十五日丙子）　木曜日（卽星期四）　國民日記

（提要）（交際）

（通信）致佩年叔瀛錦帆

（氣候）晴

（溫度）午前　午後二時八九〇

勃山來訴吾女病　讀王半山詩

佩年居北京意在觀望川事之結果

抵昭明文選論文曰文以氣爲主氣之清濁有體不可以力而致

論人須帶三分渾厚　呂新吾

八月三日（丁巳年六月十六日丁丑）　金曜日（即星期五）　國民日記

提要（交際）

訪武尼、惺甫三

為兒輩講南亭集序，覺往者讀此文之味也

夜率田兒謁殷師，并訪甦峰

受衆既屬詞以辭收税職未盡，特陳述其理及鄉關別妾保任之人

則又未嘗以貲出與監督其交誼不薄，辭未必見許，故辭

今前此兩書，對之令人不解，其平時講學者為何也

（通信）

仲言及涵春未發

陵伯康、慶家

（氣候）

外食　溽暑

（溫度）

午前八時八三·〇

午后二時八九·〇

蓄疑之與推誠其效固不同也　陸贄

八月四日（丁巳年六月十七日戊寅）　土曜日（即星期六）　國民日記

提要（交際）

昨日消息川省已停戰今日乃又報劇戰也

過亞休　酒食酬應未嘗事事

（通信）

（氣候）陰　午后一時大雨三時半止

（溫度）午前八時八四〇　夜十一時八二〇

不經意之爲害比無識爲大　佛蘭克介

八月五日（丁巳年六月十八日己卯）國曜日（即星期日）國民日記

提要（交際）

復蔣煥改查張家口統關增加新條辦法 鎮江關各局損公肥私特甚 香其

師擬整頓之或使些君卸職也

于右任招飲赴之

靜安世澄皆來警叔以彭處中陳肇揩赴粵事函告仲愷

縣上通電言川事觀又未組織內須黔維持含〻〻則若年又錯仍是出風頭

耳

（通信）

復楊揖成吳澤湘

復倩器

（氣候）

陰 雨 午后五時半微雨少時雨

（溫度）

午前八時八四°

任恤睦婣根於孝友　王集敬妻劉氏

八月六日（丁巳年六月十九日庚辰）　月曜日（即星期一）　國民日記

提要（交際）	家人往謁　香草師寓　上　香草師書請從梁任公整理稅釐積弊
（通信）	遇滄伯
（氣候）陰雨午后小晴	
（溫度）午前十時八三〇	

八月七日（丁巳年六月二十日辛巳） 火曜日（即星期二） 國民日記

欲得獨立須由德行　倍脫辣克

（交際）提要

張举椎英貴州人來譚

芳柏樵來語次不滿於周振謀也

泰甫三又偕希文弟來訪覓醫遂偕勤山往希文熱病甫三投以小柴胡湯

加生薑引而病劇矣

晚作偕射東之行

（通信）

得外樹華緘

（氣候）

午前陰晴午后晴六時雨

（溫度）

午前九時八二〇

八月八日（丁巳年六月二十一日壬午 上弦午十一時十六分五秒）水曜日（即星期三） 國民日記

（提要）

（交際）

（通信）

付四力收

四日寄六百往四川公濟 昨日到上海今日交未

（氣候）晴

（溫度）午前十一時八〇

北京政府以傅良佐督湘，吳光新任長江上游總司令兼四川查辦使，是已向川
湘兩省宣戰。而與二年袁世凱取消粵皖贛都督同一辦法，而起亂南方，財
何如耶！吾固未嘗與聞南方計畫，然不能不為國家前途著急也。
吾國當局總賴借款支持旦夕，債額日增，而國是日紊，每經變亂一次，則債額
增加一次，變亂無已時，而抵押有盡也，烏乎亡無日乎！
李純督蘇，陳光遠督贛，所以備南者至強，而馮段間之消息亦約略可窺。陳光
遠初已任綏遠都統。

居處有常服食有節言語有章　明仁孝文皇后

八月九日（丁巳年六月二十二日癸未）木曜日（即星期四）國民日記

提要（交際）

（通信）

（氣候） 晴　酷熱

（溫度） 午后四時九四°

泰甫三寄函未復，傳希文死，甫三又來，遂將米鹽之備用者十金賻之。傳本無文誼，且以初識從，以甫三答中有急難之道，而又謂傳君殉於國難之志者也。

過香草師。師言粵東局勢可慮，陸榮廷、陳炳焜日與北京電信往還，一旦情見勢絀，設不幸有眾民黨而蹶焉之弊，將奈何。又民黨亦敗必亡命四方，是不可不察其成敗也。余謂他人及此，非不與計盡言之。嘗衷足以置身事外，然固議員也，而北京法外行動，又根本不相容，設人人應觀望，則粵事敗矣。惟非議員者不負其責

一九一七年

憲法之特色在自由而所以存自由者在秩序　博附克

八月十日（丁巳年六月二十三日甲申）　金曜日（即星期五）　國民日記

提要（交際）

暑熱殊苦午後一訪伯淵

晚赴滬寧車站王采先不來　昨日有電即言采先將由北京來上海采先此次奉令查辦四川劉羅交鬨事務已返矣故往迎之因大約津浦路阻水之故車不行與不知何時至而人遲也

請各公保薦王正廷

（通信）

（氣候）外

（溫度）午后三時九六°

修身潔己不爲苟得　田稷子母

八月十一日（丁巳年六月二十四日乙酉）　土曜日（即星期六）　國民日記

提要（交際）

明日吾父冥誕之辰率兒女設位展拜

命田兒詣香草師｜月用多耗五十金餽送吾師增假此數　采芝今晨到滬午後遂偕　師｜赴普陀皈依佛法矣

（通信）

（氣候）晴

（溫度）午前八時八四°

八月十二日（丁巳年六月二十五日丙戌）（郎基期日）

提要（交際）

通信

（溫度）（風候）

晴

先君子誕日如不棄不孝裕則今日當稱觴祝七十壽矣是日從生花三非果品
率家人子婦設位拜奠悲懷寄吾哀思獨念二妹居於鄉里傷　父母之
不存感小子一家之作客其悲恨必有不勝其苦者
昨日今日皆苦暑田兒為置奠之故市祭物奔走無苦兒輩孝思所集
雖如此也頒而樂之

在職思其所司　在義思其所立　辛眺女慈英

八月十三日（丁巳年六月二十六日丁亥）　月曜日（即星期一）　國民日記

提要（交際）

（通信）

（氣候）（溫度）

飯師來譚次及中山秘書及粵事而述滬伯言曰中山之對於慧生秘其行徑不以告者乃因某之可不言而喻也云云是蓋指吾之厚於香草師耳嗟夫度量相遠若此耶苟吾之盡力國事非純由自動而不依附人者則我何不顛倒於中山之左右耶

八月十四日（丁巳年六月二十七日戊子）　火曜日（即星期二）　國民日記

勤則不匱　左傳

提要（交際）

四弟歸自柴灣我將赴粵故也

訪滄伯告行不遇晚滄伯來縱譚他客至遂去

（通信）

（氣候）（溫度）

多言則背道　多欲則傷生　李邦獻

八月十五日（丁巳年六月二十八日己丑）水曜日（即星期三）

國民日記

提要（交際）

（通信）

（氣候）（溫度）

四勿具食餞叙情之所結頗令人悵念身世而憂喜於家庭

顏如愚丁春膏厚堂之二兄名欽挽之

晚歸有客坐待閒山來船政期明日開駛

四勿贈說文段註撰要一書當塗馬鶴船先生著閱其書善遂置之行篋

八月十六日（丁巳年六月二十九日庚寅）（末伏止）木曜日（即星期四） 國民日記

提要（交際）

（通信）

（氣候）晴 （溫度）

朝九時別家人登山來汽船 田兒及淞仙四勿昆仲冒烈日為敘備物而船遲
至十一時半始解纜同行李靜安先生暨其家君元白又李伯揆張肇權
馬小珊餞我以菜而託朱卓文汽船焉

才學兼備而無德則爲人所輕 新傑附

八月十七日（丁巳年六月三十日辛卯）金曜日（即星期五）國民日記

提要（交際）

（通信）

（氣候）（溫度）

姓

船出海遂令人暈 山東汽船官艙亦不潔非米而望水則佳卧也所據

書不能讀乃覽小說

舟前言將有大風

八月十八日（丁巳年七月初一日壬辰）　土曜日（即星期六）

靜以修身儉以養德　諸葛亮

提要（交際）

通信

氣候　溫度

風雨

晨起則船泊某灣之內海波掀天船如將覆颶風起山東船昨夜十一時

即覓地而止於此不然必有難受其苦之勢

兩船滿官艙之內則臭惡之外空間則立人無隙地矣幸於大風雨中以船

止而人不暈耳

見人耳語不可竊聽　中浦光

八月十九日（丁巳年七月初二日癸巳）日曜日（即星期日）　國民日記

提要（交際）

風雨不息船止如故

朝起船中聞傳有一船衝風浪而前其狀至險逆出立雨中望之其船小於山東汽船殆欲進吾船泊處避風經數番往返而皆為風浪衝去船之首尾相上下不知舟中人如何度日也

午后六時半風稍息復觀船風浪若人仍不能勝也無已獨坐船面擁毡當風以求免暈船之苦若靜坐則病甚也

（通信）

（氣候）（溫度）

八月二十日（丁巳年七月初三日甲午）　月曜日（即星期一）　國民日記

提要（交際）

通信

氣候　溫度

朝起大病海行數日以此刻為至苦望廈門幾穿眼也午前十一時抵廈門如獲大赦

廈門門戶關鎖極善規模不大海灣差小耳廈門市連陸地街道狹隘不能行車鼓浪嶼橫其前鼓浪嶼為租借外人之地亂石縱橫一經外人平治而與廈門市不啻霄壤矣

八月二十一日（丁巳年七月初四日乙未） 火曜日（即星期二） 國民日記

軍人以勇耐守法爲本膽力尙在其次 拿破崙第一

提要（交際）

（通信）

（氣候）（溫度）

朝四時由廈门出発，舟中暈不甚利害也，仍日食粥兩次。

廈门至香港三百二海里，至汕頭百二十海里。

少年時代懲自己行失者幸福也　英諺

提要（交際）

（通信）

（氣候）（溫度）

上午十时抵香港 大雨 舟中不設食 遂由元白雇小汽船渡九龍 僦乘九廣火車赴廣州 晚七時半車到桑府樂入南關外迴龍工街十一號宅 中山先生招待同會於此

香港小汽船議訂渡費三元 船至海心 訛派作惡 及抵岸竟爲搶去二元 諺言不通 旅行之險如此

九廣鐵道 下午三時半開車 深圳以南約數十里皆租界地 其鄉則馬路皎(?)植 野無盜賊 前清割此地時 寶安之民以死抗之 英人既得此地 增地租約二十倍 而用之於平治道途 鐵道分英段華段 深圳爲兩段分界 一入華段則山野荒仍舊不治 沿道皆建碉駐兵焉

粗暴非勇英誠

八月二十三日（丁巳年七月初六日丁酉）木曜日（即星期四）國民日記

提要（交際）

寄田兒書告抵廣州也

鄭雅嵐來函邀偕赴黃埔謁中山先生

（通信）

（氣候）陰雨

（溫度）

提要（交際）	通信	氣候	溫度
		晴　小雨	

晨偕蔚安訪吳處伯，彼其所見則大非吾之望也。非常會議而不先和組織政府，拘拘於調和各派之意見。調和非不要且急也，民國元年以至今日民黨之意見究調和者幾何耶？國家無合法之政府，其能旦夕以寧乎？

中山先生燕議員黃埔公園，明日議員之赴粵者將開國會非常會議也。中山以謂非常會議當使合法政府成立為第一職責，若稍觀望而必須推之師為進止，若是，蹈武力政治之轍，惟非常會議而產生合法政府，一不憑藉武力，則民治主義之政府或求足其庶幾焉。

應事最當熟思緩慮　薛瑄

提要（交際）

通信

氣候（溫度）　晴　午後四時大雨雷鳴

八月二十五日（丁巳年七月初八日己亥）　土曜日（即星期六）　國民日記

午後二時國會非常會議行開會式會場借用廣東省議會之會場來賓及參觀者擁上下為之滿可以觀民氣也

未行開會禮之先廣東省議會議員全體以省議會歡迎國會議員至院旋導入議場由省議會議長致詞行一鞠躬禮即後退所以表敬意至重也　晚國民行提燈會

二時開會推衆議院議長吳景濂主席報告開非常會議之理由國樂奏議員向國旗行三鞠躬禮之次當報告時參觀席中有詆下者來賓廣東省長朱慶瀾督軍代表某海軍總長程璧光第一艦隊司令林葆懌船長某某皆親至觀禮

廣東省議會議院在東門外議場圓穹形荷花池圍之

以禮義為交際之道以廉恥為律己之法　李邦獻

八月二十六日（丁巳年七月初九日庚子）日曜日（即星期日）

提要（交際）
周祝未男訪夏魏湘旅舍

（通信）

（氣候）（溫度）

世界大學校也　困苦良師友也　拉果伊腓

八月二十七日（丁巳年七月初十日辛丑）月曜日（即星期一）　國民日記

提要（交際）	通信	氣候	温度
		晴	

開第一號會議之國會非常會議組織大綱因政府軍政府之爭議議場紛擾無似不謂為國而來而意氣之不平幾僨大事如此當夜又開談話會

復香草師寄示田兒

八月二十八日（丁巳年七月十一日壬寅） 火曜日（即星期二） 國民日記

提要（交際）

又失度一日也

（通信）

（氣候） 晴

（溫度）

八月二十九日（丁巳年七月十二日癸卯） 水曜日（即星期三） 國民日記

戰時當爲平時之事平時當爲戰時之事 彼得

提要（交際）

訪許汝爲不遇遇朱卓文訪章太炎先生遇趙立夫立夫初見面而不識其何許人

開會、議國會非常會議組織大綱議決宣布之

晚談話會大元帥特選之爭論至劇非足哉亦不能已於言矣

中山以公函函川滇黔三省議員言唐繼堯事也

（通信）

（氣候）（溫度）

八月三十日（丁巳年七月十三日甲辰）　木曜日（即星期四）　國民日記

提要（交際）	通信	氣候	溫度
		晴	

讀行政學日本稻田周之助著其文明顯能道其意

晚談話會衆意稍稍和解軍政府之組織於是定為大元帥一人由議會特選之

初居樓下某室溼氣蒸人慮病今日遂遷樓上而溫度熱又過之

朱伯元來交閱張左丞在滇時與川人往來識電促我速與商諧川議員行推舉唐繼堯任川滇黔靖國軍總司令

中山津貼來粵議員百金

午後擬赴黃埔無船不成行遇汪精衛胡毅生周堉謀寶業圃

士先器識而後文藝　劉直齋

八月三十一日（丁巳年七月十四日乙巳）　金曜日（即星期五）　國民日記

提要

晨起逕赴黄埔見中山言事返已十二時又三十分矣

午二時開會議中華民國軍政府組織大綱議決宣布

昨夜因於蚊入帳已除十餘蚊而頭手足皆傷今晨撲之手為之赤也

前日金盡因告貸於馮自由經數日而無覆所謂金盡交絕者耶抑自由已離廣州耶有無不可强也而書不可不覆也

舟過趙立夫張為我述龍濟光忽而識之立夫若辛亥光復重慶渠以亂殺掠官鹽於李莊而被獲重慶軍政府將加以刑於是組織軍事裁判審訊之而免於死者也

（交際）

（通信）

（氣候）（温度）熱

九月一日（丁巳年七月十五日丙午）　土曜日（即星期六）　國民日記

提要（交際）

通信

氣候　晴

溫度

是日也開大元帥選舉會，孫中山先生被選為大元帥，出席者九十一人，以八十三票當選。次舉元帥二人，首次陸榮廷當選，第二唐繼堯當選，其三則期後數日，蓋俟選程璧光，而程固辭也。赴黃埔偕議長送大元帥證書於孫中山先生，歸而明月滿江，清景如畫，振船須而望之，意豁如也。

自廣東省長由陳炳焜擁省議會之意而授諸李耀漢也，又奪陳炯明二十營〔親軍〕而炯明乃挈而授之海軍，編為海軍陸戰隊，於是政府陳炳焜又不願組織政府，今日促舉大元帥也，遂調滇軍炯明親軍集議會以備非常。

涓涓不塞將爲江河熒熒不救炎炎奈何　子牙子

九月二日（丁巳年七月十六日丁未）
日曜日（即星期日）

國民日記

提要（交際）

（通信）

（氣候）晴　（溫度）

游先施公司，登其樓之崇，頗此吾國商業之第一有組織者，然不及日本之三越吳服店之粹而潔也。略購數事遂歸。

黃伯群召飲，觀其行止似欠切實者。

昨日傷風，身燒不已也。

得唐繼烱馬義備撥四川事為念。

九月三日（丁巳年七月十七日戊申）月曜日（即星期一）

提要（交際）	通信	氣候（溫度）
		晴下午二時大雨二時半止

赴海珠議定先電四川省議會及劉存厚熊克武探詢川與近日情形而後決所以

為三省請國軍總司令者

鼻噎涕不止

四時開會議程璧光仍不願尸元帥之名而陸榮廷乃來電反對軍政府之組織其理由謂大總統尚在無組織政府之必要嗟夫持論之謬可謂甚矣吾國之事皆壞於此等身負盛名而心別有在者之多也

提要（交際）

午後赴海珠

（通信）

（氣候）（溫度）

晴　午後小雨

九月四日（丁巳年七月十八日己酉）火曜日（即星期二）

九月五日（丁巳年七月十九日庚戌）水曜日（即星期三）

正家之道謹於男女蒙養之節始於飲食　王集敬妻劉氏

（提要）（交際）

（通信）

（氣候）晴　晚七時半小雨

（溫度）

晨赴黃浦返廣州已午後二時遇湘從新會人有議政府宜緩組織者生清議誤國自古已然祇知陸榮廷當調和而不知敵兵已入堂奧也

晚呂鋭來商議說中山親赴南寧面晤幹卿以求大局之解決

陳錦鈞頗急於組成立政府分路出兵以為今已險時再遲則大事不可為矣

十二時中莫欺自己葛郷

九月六日（丁巳年七月二十日辛亥）木曜日（即星期四）國民日記

提要

（交際）

（通信）

（氣候）（溫度）

九月七日（丁巳年七月二十一日壬子）　金曜日（即星期五）　國民日記

教兒嬰孩　教婦初來　顏之推

提要（交際）

此黃埔兩粵各部長等非常會議推八人与中山接洽往者祇六人耳

（通信）

（氣候） 晴

（溫度）

眞理不死西黎明

提要（交際）

早飯後方檢點新聞田兒之稟至堂家書著有日矣時客在座遂略賅之寥寥數行於滬家情形所欲入者何校皆略獨及其怨叔賢家之詞附以外甥芬蓮寄其兄妹兩信於田兒之言可謂吾家庭若將有奇變者然細檢芬蓮書特四弟輩處分家事不當耳 而田兒處女已有無家可歸之感吾信吾弟決不至此惟平日四弟與吾婦吾兒女之間必有甚不平者可度而知也今日有觸即發而已是當早為之所不然家之凶也 吾父生日答胞妹們三家如陳如劉如鄧皆不致聘可謂無禮之至宜二妹今依甥詳舉以示滬家二妹之心碎可知矣 四妹勸叔歸隱

午後談話會呂復提出對德宣戰之宣言案吾贊成之而馬君武龔政袁希洛蕭晉榮反對殊甚所關頗巨也 夜乘沙艇（小艇之一種）游河三時歸寢

（通信）

得田兒四妹滌仙書（九月三日發）
得叔賢親家書

（氣候）

晴 夜九時風雨頃刻止

（温度）

九月八日（丁巳年七月二十二日癸丑 下午一時四十六分白露）土曜日（即星期六）

大勇者視天下無不可爲之事　卲維信甫

提要
（交際）
（通信）
（氣候）晴
（溫度）

偕鄭稚嶽巡游海門底小飲黃梨若酒肆 主山東人 忘謝不得其宜也 觀銅
壺滴漏 此吾國數千年前定晷刻舊法 其制銅壺四 高下依次列之 最上
一壺盛水 滴於次壺 由次壺滴於三壺 由三壺滴於四壺 四壺內有空毬中
空浮於水 毬上豎銅標一 分為若干度 分度為子丑寅卯十二時 於一定
之時去盡四壺所受之水 則毬落而標沒 於是視新受之水以使毬逐
漸上浮 毬浮則銅標亦逐漸露於四壺之面 視標之外露者為何度何
時 而晷刻定矣 購照像片以歸 余与元白以時表驗第三壺之滴 每
十秒蓋二十滴云

廣州城狹 然南面有外城 數百年前城瀕西海 城外淤地成市 故築外城衛之 厥
來舊多劇盜也 今外城外又成市矣 臨海築長堤 馬路繁盛 過州城云

黃金之種子生於勤儉之家　英諺

九月十日（丁巳年七月二十四日乙卯）　月曜日（即星期一）　國民日記

（交際）提要

是日也中山宣布就軍政府大元帥職旋邀各部之長

寫信與田兒為之詳釋吾四弟之無他

（通信）

（氣候）晴

（溫度）

九月十一日（丁巳年七月二十五日丙辰）　火曜日（即星期二）　國民日記

提要（交際）

（通信）

（氣候）晴

（溫度）

殷四勿吾本欲託迹於商農以別關途徑發展國家生產力故四勿勸我退也心頗納之但今既來南則不能不待政局之究竟也
晚遊何妨其挺立於境遇之外勉強入校
午後外交秘密會出席者少決後議

忠雜務最良之教育皮愛

九月十二日（丁巳年七月二十六日丁巳）　水曜日（即星期三）　國民日記

提要
（交際）
（通信）
（氣候）（溫度）

九月十三日（丁巳年七月二十七日戊午）　木曜日（即星期四）

夜半前一時之眠優於夜半後二時之眠　斯邁爾

提要（交際）

通信

得田兒書八月廿七日發
佩辛信孫樹華拜湘花一
及息工數人餞

氣候

溫度

夫婦者人倫之始也不可不正　召南申女

提要

（交際）

（通信）

（氣候）（溫度）

九月十四日（丁巳年七月二十八日己未）　金曜日（即星期五）　國民日記

急遽結婚則生後悔 — 柯孤尼布

九月十五日（丁巳年七月二十九日庚申）　土曜日（即星期六）

提要

（交際）

（通信）

（氣候）（溫度）

才不宜露勢不宜恃享不宜過　姚舜牧

九月十六日（丁巳年八月初一日辛酉）（卯星期日）國民日記

提要（交際）

通信
得大女書，復之。
又得田兒書，因胡雪壓。
又酒巻書。

氣候：晴

溫度

大女急欲入学校，衆請淡於我，告以就偕娥姊往南京，彭姑入民生女学校，非常厳自检束，務使不染上海女学生習氣，貽父母羞耳。

酒巻又來告急。雪壓見絶於其仲兄，擬挾其幺姑游海上，而欲淡於我，是亦難爲落籍也。

叔貞赴北京，經北岳入川也。

還住海珠酒店四九室。

陳颯炳焜白飲趙之真，盛慕之夫也。席間嘗言欲所希望者一圖會來。

廣州商會解決，衛戍辭職，從往兩廣一切務完全恢復一致師。

念慮有常勤必無過思患預防所以免禍　明仁孝文皇后

九月十七日（丁巳年八月初二日壬戌）月曜日（即星期一）　國民日記

提要（交際）

（通信）

成雪岩
函芾煌

（氣候）（溫度）

芾煌已卸去張家口稅關監督職而調任多倫　張啓旋之有黨而與國也　芾煌來函
欲辭多倫事休息罷函快之

九月十八日（丁巳年八月初三日癸亥）　火曜日（即星期二）　國民日記

信賴自身則不為人所欺　英諺

提要（交際）

大元帥以吾國對德奧宣戰事諮詢國會非常會議〻決暫時容認交戰狀態從此事會議之爭執不少矣

（通信）

（氣候）如

（溫度）

九月十九日（丁巳年八月初四日甲子）水曜日（卽星期三）

兄弟讒鬩侮人百里　國語

提要

（交際）

（通信）

（氣候）（溫度）

十事之半通不若一事之精通　英諺

九月二十日（丁巳年八月初五日乙丑）　木曜日（即星期四）　國民日記

提要（交際）

（通信）

（氣候）晴　午后六时大雨数分钟即止

（温度）

左丞偕林静安来　左丞以滇事函告并出唐蓂赓致锡光之九月七日电函阅知锦帆有戒心於敌也殊出人意计之外

午后往大元帅府　余剑光来其言曰先生此次当竭力助中山玩其语意必有所疑

夜与左丞谭至久当世之所谓能者内行不修固皆如左丞所说者乎

人能克己則仰不愧俯不怍　朱晦庵

九月二十一日（丁巳年八月初六日丙寅）　金曜日（即星期五）　國民日記

提要（交際）	通信	氣候	溫度
	發晃兄	晴　午后五时二十分大雨	夜涼　晨較熱

中山約集議員開談話會，說明軍政府情形，此後收入增加稅法及借款办法

晃以會弟之借款承押租也，頗不懌，特為釋之，又告以兩粵出師，命留心女弟翠禎

書事

呂復規中山日昨開於廣東當道不滿意者卒勿时發為論議，當涵容之，且今日非私人，乃大元帥，而負有重責者，尤宜包羅一切。斯言頗得大體，中山必能納之，惟當时因葉夏聲插入別論，未能由中山表其受言之意，為可惜耳

智識指揮實驗實驗指揮智識法誠

九月二十二日（丁巳年八月初七日丁卯）（祀孔）

土曜日（即星期六）

國民日記

提要（交際）

有韓福祥者來書稱學生頗可憐也自言為 香草師爺之梓橋者

軍府既申以外交宗旨行咨誤四字更正為承認字而會議時又紛紛也

與左丞偕台諧人酒先施公司樓上游江

近三夜日氣頗涼擁被而臥甚安適也

（通信）

（氣候）

北

晨十六陰雲之江月

昏電作竟夜雨

（溫度）

九月二十三日（丁巳年八月初八日戊辰 下午十時四十六分秋分（秋社））日（即星期日）

欲去貪婪不可不先去奢侈　細洛

提要（交際）	
	靜安偕周悅赴滇振五謀滇人何畏之欲圖川滇之溝通也

（通信）

（氣候）侌

（溫度）

動必合義　居必中度　王集敬妻劉氏

九月二十四日（丁巳年八月初九日己巳）　月曜日（即星期一）　國民日記

提要（交際）

赴大元帥府飲酒世界酒楼觀劇原來劇本乃四川近狀也
左丞為我道紹尊兄妹不睦之原雪廬侍其亡姑以天主教故不
字人而恐紹尊不理其晚年衣食遂斂財而藥肆所入不及於
紹尊自有此念遂凡百皆荊棘矣是乃其隱也云云私謂語言間
有傷性情者如此亡命為患安之蜀果若此不易歸於和也

（通信）

（氣候）（溫度）

陰　午後四時小雨

君子居必擇鄉游必擇士　荀卿

九月二十五日（丁巳年八月初十日庚午）　火曜日（即星期二）　國民日記

提要（交際）

桂軍出師援湘，鄂山來約赴江防司令部，送其征行，訂九時半往而九
时師已發矣，殆擱擱乃為蕭然也，馬濟率之
開會議決軍事，內國公債定額五千萬元，利率年八厘，實收九成，償
還期第三年起至第六年償清
田兒書來，乃請款於滄伯也，一家平安，差足幸耳
收亞休朗除百圓之約

通信（通信）

得田兒書（十八日上海）
復田兒書

氣候（氣候）　溫度（溫度）

陰

一時欲爲多事之人反至一事不成　英諺

九月二十六日（丁巳年八月十一日辛未）水曜日（即星期三）

提要（交際）

通信

氣候（温度）　晴

昨夜觀廣東高劇滇督軍團及復辟之變其中事實多非當日真象而足獄也原始要終段祺瑞固爲禍首然謂復辟必段祺瑞所暗中操縱則事失其實不能服段氏之心甚矣紀載之難也（按段祺瑞卽居總揆不知剪除復辟之孽而聽其醖釀遂構禍發於其罪也操縱與否又其次之）

朝起腰脊大痛卧不可伸

九月二十七日（丁巳年八月十二日壬申）木曜日（即星期四）　國民日記

提要
（交際）

腰痛遂置棄一切

（通信）

（氣候）（温度）

人或毀己當退而求之於身 王昶

九月二十八日（丁巳年八月十三日癸酉） 金曜日（即星期五） 國民日記

提要

腹痛不愈

夜林隱青台飲徑起赴之坐散分鑣遂還

交際

通信

氣候

溫度

吾人反身自省倘絕無愧怍之處幸福也　英諺

九月二十九日（丁巳年八月十四日甲戌）土曜日（即星期六）

提要

（交際）

（通信）

（氣候）（溫度）

病不愈以事強起渡江謁中山先生

得熊振鵬董福開俊生紹尊錫卿琢成函廿日二十發由唐冀廣轉廿五日

李協和卅日電告中山請款十萬兩鳳池方結鈍體直衛存粵國演也

有奉天張作霖獨立之說

貧富無定勢田宅無定主　袁君載

九月三十日（丁巳年八月十五日乙亥）（秋節）

日曜日（即星期日）

國民日記

提要（交際）

（通信）

（氣候）晴

（溫度）氣已涼，夜擁被矣。

得田兒書，學堂功課尚優良也。女三人已入校，惟田兒婦留家侍吾妻，

足見此子之所以慰其母者。

脛痛小差，以中秋佳節，張左丞鏡台請人飲於南園。

湖南第一師亦加入民軍矣，師長趙恒惕也。

人不可孤立 孤立則危 張楊園

提要（標題）

通信

氣候	溫度

林虎、馬濟各飭來函就之，其言曰當直搗北京也

梅同偕靜安之滇，午後四時行，未及送之，悵歉之

左丞偕台以後日將行，譚至深夜

元白述乃翁語，此行過蜀須得一名義上之專職，初擬宣慰使、總撫慰軍使，由劉成禺言於中山，今日行兵而軍政府斯時未予，乃翁特囑託我代言於中山，必得而後已。我答元白，此事我初不知之，待總兩而後使靜安此舉誠可異也。事前秘而不宣，惟行而無成矣，乃託左丞為我言，又囑其子促我，與并擬械北都

擬電文交左丞，囑其至滇。電午嵐、諸同至漢、犀諸人，則囑由左丞占

覺生從粵電商

靜安、梅同之歸，亮未集議，究其情形，亦別有用意者，否則有誤會歟

知過山小惜德爲大　明仁孝文皇后

提要（交際）

晨起偕伯璁彌青（李樊陽雲南人　衆院議員）謁中山先生適錄孫文吳景濂及列席國會非常會議之員之北京令文揭於報紙此滑稽之尤其意蓋沮議員之從而指斥廣州之擅開非常會也聞去歲臨時參議院之令文亦到廣州存於之滇錢去匯蜀以其早也未送之

（通信）

（氣候）晴

（溫度）

十月二日（丁巳年八月十七日丁丑）　火曜日（即星期二）　國民日記

十月三日（丁巳年八月十八日戊寅）　水曜日（即星期三）　國民日記

提要（交際）	通信	氣候	溫度
	收秀峰師及叔實函田（？）見	晴	

召集參議院公文其權限之於改訂國會組織法議員選舉法

訪孟頻介石銘狀

午後四時赴看讌猶與左丞靜安商討四局八時招岑丹毅君喈雛香讌

矣遊投名利棧宿西寓聊也

常常將事業順序而整頓之是贏時日之最妙法也　哥斯

十月四日（丁巳年八月十九日己卯）　木曜日（即星期四）　國民日記

提要（交際）

（通信）

得李靜安大哥函（二日唐發）

（氣候）（溫度）

晴

早車返廣州到大沙頭（廣州九廣路車站地名）已十二時矣昨夜困於臭虫倦極矣國會非常會議開會不能往也

得靜安香港遺書專言欲取得選川名義事措詞極託於讖而竟隱反對成器請於軍政府及劉澤龍不得而憤憤事孰知其子所言又異耶元白且謂并澤龍而予之為宜也適元白來即以函提閱謂之曰尊翁函與子言異也元白閱函默然虛知我之不懌矣

怒時計數至十極怒之時計數至百　傑斐遜

（提要）（交際）

開談話會決議滬軍政府與唐陸之聯合起兵諸省組一聯軍會議

田兄之友陳振中者來候請見

伯琥以其母壽日召飲稻琥鏡山皆醉

（通信）得陳振中緘

（氣候）晴

（溫度）涼矣數日來秋意

惰慢則驕嫉妬則刻　明仁孝文皇后

十月六日（丁巳年八月二十一日辛巳）　土曜日（即星期六）　國民日記

提要（交際）

吴山來廣州見過譚上海事

叔實覩家緘二一書論李善波屬我白軍政府假善波以名依收集舊部一道讚事叔實與滄伯恐終不免支跡也

（通信）

得叔實兩緘曰中秋前二日

（候氣）（温度）

姚

增長人之幸福是謂至善障減人之幸福是爲至惡 遊沁

十月七日（丁巳年八月二十二日壬午）（即星期日） 國民日記

提要（交際）

田兒之婦范於中秋日入上海勤業女子師範學校來稟說入學情形其志注意英文然謂來年高等班卒業所學必淺也

午前偕伯琅謁中山先生軍政府之絀於財也如故無財則一事不能作而中山終日消磨於接見賓客又無記錄以備遺忘於是陳接見賓客之法使留精神以治大事又陳見客時宜以一書記隨記錄與人所議事情之顛末及商行者中山皆納焉於次日與徐季陸諸人商之然其時以屬我介其接見之勞是又焉乎可者職條屬北參軍秘書亦可越耶

游梅十一时歸

通信

得田兒婦范女稟中秋後言

氣候

晴

溫度

以愛妻子之心事親則曲盡其孝　林和靖

十月八日（丁巳年八月二十三日癸未）　月曜日（即星期一）　國民日記

提要（交際）	通信	氣候	溫度
	得田兒書 中秋後一日	晴	

田兒言四弟分給仲言六十元恐彼不均而仲言或怨吾今晚仲言今日當以患難中相視四弟一家之客非外五六人必人有六十金應爲數百不足以四弟自取數百金而分与仲言六十金不爲異也

寄叔實視家書慰解之而力陳不可使善波御其舊部　今日酉陽謝鼎之匪盜縱橫皆係善波之家也

覆田兒婦書勉之吾女吾兒之婦皆願入學校志願可嘉非上海習俗大爲惡每書皆戒之

晤執信仲愷覺生汝爲季陸促訂大元帥接見賓客時間及辦法蓋辦公諸人幾無与大元帥接商公事之時間以常有客故〻季陸汝爲皆韙吾議記系一層季陸似有疑也　並吳山葛雖隅陳篤蔡蕗陳南山戚也

一念之差一言之差一事之差有因而喪身亡家者　高景逸

十月九日（丁巳年八月二十四日申中十九分終酉 上午四時四）火曜日（即星期二）國民日記

提要（交際）	通信	氣候	溫度
致李蔚安史南山張左丞特直書其所言之不合於元白所述者詰之以為含糊則相遇以詐矣	致左丞蔚安	晴	

致（張）左丞東巾太丞臨行以無禮拂而致相要令來一箋也終不能如其所爲也

與君子游如長日加益而不自知也　曾子

十月十日（丁巳年八月二十五日乙酉）（國慶）水曜日（即星期三）　國民日記

提要
（交際）

（通信）

（氣候）晴
（溫度）

陸榮廷通電之文不可得見此怪事也
時補今日遺失昨夜睡時置諸室中案頭早起又未經意及開抽
屜後始覺大索忽矣用之僅替本疆耳　室中惟侍役出入
當是役者取之
赴黃花崗七十二烈士之荒塚不堪見也游者甚眾蓋國慶日大元
帥派員而國會議員則往追思先烈文而祭之　七十二烈士者辛亥
三月廿九日廣州之役兵敗而死虜廷者也廣東廣仁善堂收而瘞
之黃花岡其後為國死難者多埋骨於此其地蓋荒塚所叢集及今亦
年矣猶係雜附所覆之薄土也

用人之知去其詐用人之勇去其貪　張楊園

十月十一日（丁巳年八月二十六日丙戌）　木曜日（即星期四）

提要（交際）

偕伯眠入市見端硯披古賈人故高其值然終以賒之
元白米商閣擔洪究勿用刀也

（通信）

（氣候）（溫度）

姓

匪言而言　厲階生焉　明仁孝文皇后

十月十二日（丁巳年八月二十七日丁亥）　金曜日（卽星期五）　國民日記

提要（交際）

通信　寄四弟及田兒書　唁滄伯

氣候　晴　溫度

不寄吾弟書三月矣，雖有上海田兒之報告行蹤，令吾母之懸望也必甚。細計不言別事，則以信箱無意外，故作唁寄四弟。來廣州後以滄伯指日南行，一字未寄之。府卅書來，爲迎滄伯尊人病歿，則其南行之遲速未易言也，遙唁之。

參士敏土廠。　与吳山言隨遇而安之道。

孔子生日，粵人皆懸國旗展拜勿忘，而報館亦將休業，其拜孔子之誠當在他省上也。

人有求於我如不能應當直告以故　申涵光

提要
（交際）
（通信）
（氣候）晴
（溫度）

勃山伯珉來商蜀事報紙傳吴光新之軍隊已抵重慶使錦帆不迎光新安至是耶為大局計不能不思補救也勃山既以母病還家遂屬勃山圖之於是護軍政府訂期接洽

席丹書未圓碁三戰兩北

閱一群猿小説光怪極矣

書法閒輟今日寫百六字勃山謂有進臨側鋒未易改也

覃理明謂湖南之局敗於程潛（頌雲）天下事每敗壞於急功競名者亦多良可慨也　按湘南獨立劉鎮藩林修梅實當其難而頌雲在外幸舉後還湘攫得司令居之而湘西之不滿頌雲者遂觀望也

凡處事須視小如大又須視大如小　陸桴亭

十月十四日（丁巳年八月二十九日己丑）　日曜日（即星期日）　國民日記

提要（交際）

陳振中來觀其為人謹身而論田見求學之病確切不易可以交也

午前論中山計四川軍事勳山以母病還里而錦帆兄迎吳光新入蜀思有以補救之

伯張勳山皆有此意勳山且勇於自任意謂中山陳之一軍轄二旅充為五獨立旅中山皆許可焉

中山因言四川有電推夏之時為義軍總司令糾衆四萬餘人已將原電送到我處取決及觀其地諸係屬諸我與游伯兩人游伯未到故未答也

又與中山言靜安事

夜見范伏夫謂人來電四萬餘人安所得如許槍械而集合之地點未詳電文且有得任命後始能成立之意遂集伯張勳山商之決定先電詢底蘊亦明以待游伯也

劉存厚石青陽兩人皆當為之預留地步

（通信）

（氣候）（溫度）

姓

節食優於醫師之診治　英諺

十月十五日（丁巳年八月三十日庚寅）　月曜日（即星期一）　國民日記

提要（交際）

（通信）
得李節安電　雲南十三日發

（氣候）晴
（溫度）

亮工事中山允如我與勁山仲琅所商辦理但因咨電處將我與亮工所訂咨電鈔存軍政府

靜安促為取一名義送川今言於中山遂任命靜安輔周為四川靖軍使依其昔所請求者

夜餞勁山而靜安續電云劉存厚已派代表赴敘州得軍政府委員會商辦法王湘兵宗慈業於十三日兼程前進

勝育山浜崖保之激以大義與勁山而付之以軍政府名義電亮工

愛子者教勝於愛則愛可用　陳辰亦

十月十六日（丁巳年九月初一日辛卯）　火曜日（即星期二）　國民日記

昨夜睡不安起者兩次倦極大便燥勳山勸我未精於食每夜飲白蘭地酒少許
而後寢
晚勳山伯琛集飲游海靜卧舟中調適呼吸
吳鐵城來
勳山伯琛何俊士集商瀘州事

提要（交際）

通信：覆李靜安電

氣候：晴
溫度：

經驗爲才智之父記憶爲才智之母 英諺

十月十七日（丁巳年九月初二日壬辰） 水曜日（即星期三） 國民日記

提要（交際）	
	昨夜睡頗安，晨起甚冷，午刻大風。購白蘭地酒及鷄脯牛乳。
	讀小雜界誌之登丹舟泊白鹿山驛乘小艇順湖而西，四方多故，離別難爲懷也。
	晚請友人王淮君閱之，又論說今人校勘要在頭緒。

通信

（氣候） 陰

（溫度）

提要（交際）

聞周道剛近復電數滇軍罪，是滇始攻戰也。四川不幸，民國以來無故皆為戰場。

黨派之異同，置中於國於鄉外矣。

持電往謁中山，竟不得見。據此，皆以舊往耳。

晚來閱莫榮新、沈鴻英之佳席聞王正廷之言曰：吾人所護者法，凡破壞法者不問其人，若在粵桂，亦不除。斯言可謂斷然矣也。

王師書稱：今日之變之結局，當分為三種假定：一，民黨勝，段勝，馮與陸勝是也。不營而民黨敗，則段勝，而相非國之政較多非馮陸。然觀大勢，民黨與段氏皆立於敗之地。民黨與段皆敗矣，於是馮陸相提攜，中國必陷於麻痺不振。

謝源伯、王田見告以海軍將赴攻福建，……合做中得移於福州，無此也。

夜得叙秋來告海關消息：川滇又交綏，滇兵大敗。

通信

致曹州謝源伯　上海
王田見
致李靜安、張大松　雲南

氣候　晴

溫度

十月十八日（丁巳年九月初三日癸巳）　木曜日（即星期四）　國民日記

十月十九日（丁巳年九月初四日甲午）　金曜日（即星期五）　國民日記

（提要）（交際）

（通信）電寵王瀘州

（氣候）晴　（溫度）

電寵王論以數事，有仁讓寬伯常之態度其一也
報指川滇非貴州一省開戰
陳炳焜譚浩明程璧光李耀漢通電各省，謂其改馮國璋之電之文，非指斥段祺瑞一
人，而天下之惡歸之矣。章太炎由滇電中山，斥凡欲調停說者為莠言亂政，否
誠

十月二十日（丁巳年九月初五日乙未）　土曜日（即星期六）　國民日記

吾儕於貨利兩面打不透便無語可說　朱晦庵

提要（交際）

（通信）

氣候　晴

溫度

焦易堂來議太炎之電文，以為足使馮段合也，吾析之。

醫宗金鑑，清乾隆初年之官書也，南山歸蜀，畱存吾所，取閱之。

不手醫書且二十年，使當时学而不輟，或略能施治，今則外矣。欲

学之而年大，凡事皆誤於無恆。

十月二十七日（丁巳年九月初六日丙申）（即星期六）

提要（交際）

通信：得四兄書，中秋後十五日。信五未行。

（氣候）（溫度）

香港師將之京師，囑吾促佩弁南歸之議，整容柳矣。叔實將偕行，而四兄乃貿之而阻。四兄何見之左如此。

北京偵思文石芝師皆促吾市所備用具，殆以吾不能復到北京耶。

再書來告海軍亦與軍政府攜貳，程玉堂有取消軍政府名義始能濟事之說也。軍政府困於財，遂一事不能舉，文中山出言不謹，有足使人解體者。若事誠不濟，則取銷亦無濟，乃為民黨之一敗塗地而已。玉堂蓋有不可告人之隱（當係合中山談議也），故易而言是。

傳言惠州附北，綏靖督辦張天鵬已舉兵，此陳炯焜擴圖之所致。極力妨護法之民黨而無術防軍隊之附款，可勝慨與。

四弟仲言、貴先光裕及仲執妹夫皆賦閒，令人悒悒。

十月二十二日（丁巳年九月初七日丁酉）　月曜日（即星期一）　國民日記

嗜欲深者天機淺　莊周

提要

（交際）

（通信）

（氣候）晴　（溫度）

馮中庸來訪述川中情形甚悉且謂熊克武之謫川邊乃其自營並曰兒昨日書又稱不盡知海上所出者要之四川在今日要為大局之輕重所關政局而行軌道也地方之事必指掌然反是則北狼而進虎耳（迎北軍者詎但迎虎自衛其害於全國也甚矣

然軍從附已有不能支持之勢雖妨礙者衆亦自謀有不臧耳

傅友于導觀香灘賭館

安舜卿送唆密南月餅味美不及粵餅也

周奉璋通電以激滇師詞與事皆是而旨則非也激四川之民於川滇之戲情而用之以助彼民衛謂口則是而心盜賊者奉璋之謂歟

開田而兩遺精遺精無夢今日則甚矣懲也

十月二十三日（丁巳年九月初八日戊戌）　火曜日（即星期二）　國民日記

提要（交際）	通信	氣候	溫度
	寄田兒書 復倩五	晴	

早起觀日出當其出也對日直視其光赤如火漸升赤色漸減以盡而黑氣
渾圓由日下之地蒸然而起不絕以升於日之上空漸高漸薄其黑以
盡是皆光學之理而吾不之明但識自慚耳
示田兒責以從嚴監督諸女弟讀書又示以四勿可以進德之理
告倩五俟當返京需用不宜售
北京政府假款購軍械於日本安田之為軍器借款此袁世凱之所不為也吾人
開會議決通電反對

恩欲歸己 怨使誰歸 王骨

十月二十四日（丁巳年九月初九日己亥 上午七時三十分霜降）水曜日（即星期三）

國民日記

提要（交際）

田兒安爲諏論：香卅見生詳言以教之又戒其謹言節用

殷士逵估展期償水質借款并提議再借又詢其何时請給責文卿放

殷叔實詢其北京之行

昨夜不眠晨又早起頗憊也 惠州平

腹泄 重九不能出门鄒吉人來長談

（通信）

得田兒上月十八日禀

得林镜台書 漢口發

復田兒書 復士逵叔實

（氣候）

（溫度）

無限制之約言必失信用　何迹士

提要（交際）

（通信）

復李靜安書　寅刻十月十二日

（溫度）（氣候）

晴

七時起，腹瀉四次，精神倦也。不審是否晚時起時飲白蘭地酒之過抑積頭牛乳發酵所致耶。

江防司令馬濟（字偵棠，廣西人，同之弟）以廣東護國第一軍司令出發，擬送其行，病不能往，僅以名刺託伯琨代致。海軍警衛軍皆特派軍士一隊由司令部送至車站。廣東海軍艦又以三艦聯旅鳴小炮泝流而西，蓋亦送之到於粵漢站車站也，可謂盛矣。潮梅鎮守使莫擎宇據地獨立，以謝於北京政府。

靜盦緘述王湘之無誠意，有共和系有攬盡四川軍政兩大權之謀，屬我告軍政府設法預防，保國民共和兩派之均勢，又言對湘閩不要名義，為責渠也。然我乃疑靜盦其論王湘輩之謀固實事，而其所屬預防及作湘閩也，有使人疑其用心之巧者。

獨行不愧影 獨寢不愧衾 蔡元定

十月二十六日（丁巳年九月十一日辛丑） 金曜日（即星期五） 國民日記

提要	
（交際）	
（通信）	
氣候	溫度
姓	

偕馮中興赴大元帥府 中山有事未得見 遂貽以書言午嵐事并言吳山欲得秘書 吳山為人既厚實而迂庸見不及大然此畏慮其不勝秘書職也 所謂徇情為人而官不肖今實有矣

仲愷約飲南園 適君逖漢民精衛仲元商計兵事 陳炳焜過民黨之不滅於陳競存 據兵一舉毫髮無遺矣

訪許唯心 許君初不相識 伊眼介紹以來 許君自述六月離寓遠赴滇省城及政變 遂代表午嵐接洽雲南當道 今還粵 當代表午嵐與軍政府接洽也 午嵐收集得兵三十營 得餉四十萬 許君述之如此 令人喜也

十月二十七日（丁巳年九月十二日壬寅）　土曜日（即星期六）　國民日記

提要（交際）

通信

氣候：晴　溫度：

得仲執妹壻及仲言姪書，紫於十六日卸職返上海矣。顏光裕還川，跋涉險遠，以圖一席，半年擾攘，畢竟一無所獲，入世之不易，執弟言姪當懔然也。

得鄧倉輔周任日電，十日離雲南省城北還敘府，唐蓂賡（補唐蓂之）進向瀘州。

赴大元帥府與張亞農伯丑商酌電文，待以寄年嵐。

昨前四時、今朝四時皆腹泄，八時又洩，十時半又洩，一時半又洩，至是而止。

元白來告，聞李耀漢省長開秘密軍事會議，為廢某督也，兼趙其相羅家衡來告李耀漢、李福林聯合海軍及李烈龍濟光以圖廢某督軍政府，與其謀議，中山為不仁不知不義，裕慧生、蒲宸諸人奔走驟訐，反阻海軍云云。以救觀之，中山雖愚不至此也，李直繩、陳龍子服、濟光為段芝泉盡力中山知之，決其知其事而不與其謀，否則並濟光不與其役，其謀則可逆睹。

胸中無學猶手中無錢　論衡

十月二十八日（丁巳年九月十三日癸卯）

國曜日（即星期日）

國民日記

提要（交際）

（通信）

致田兄、得後生諸人電
致叔[?]、致叔家、仲執、妹倩及
仲言四函

（氣候）　晴　**（溫度）**

後生諸人來電，謂朱川南組織國民北伐軍，兩川諸電軍府始有之，遂渡海譯之以付中山。財中山為目前時局所困，腦不寧靜，爰以昨夜趙某相所言語之果無足也。仁口陳柿紙吳耀璜皆可通耳。

敬田兄視之，歲長學性情之道。

川戰又作，戰綫沿宋大路由資內至於永川，仲執及仲言皆光不能歸也。

靜安寄其子元白書，以道經安南者殊託趙某相攜交，叔未緘封，吾見其稱我一節，謂平時多與吾從，至今始知為有血性，實不可多得。瘋元白以長者事我云云，則前之以術愚我可知。王湘輩之責靜安果然耶？柳猶有那之見者，存乎詞之外也。其推許也，但吾悚然，殊排斥。

十月二十九日（丁巳年九月十四日甲辰）　月曜日（即星期一）　國民日記

提要（交際）

寫字後以偕陳勤宣策謁中山言事先與競生鐵成商得同意乃進與中山言者一則使陸榮廷陳炳焜脫離軍府不與李耀漢同謀者二則細審李福林陸蘭清之向背及滇軍海軍近來接洽之情形努力聯合以觀時變　中山是吾說惟不肯以政府而致辯非陸陳遂與勤宣鐵成商由吾等覓一人赴廣西告譚泉以李耀漢陳炳焜相結及炳焜非去不可并[illegible]軍府不與情形使陳說陸幹卿　吾策李耀漢與陳炳焜之決裂必不可免當發難數日之內無論誰勝皆於軍府不利於民黨不利故須圖軍府自存之道得漁人之利必可收也特漁人不止軍府耳中山既認定陳炳焜必宜逐則其不辯與非李耀漢之謀與否也足也細思而始得之　且見吾識之不若人　中山所已備職逐炳焜因李耀漢事

（通信）

（氣候）朝七時雨午前皆細雨午后時始雨作止　會

（溫度）無微寒　衣布衣一夾衣一

修身莫切於謹言行　明仁孝文皇后

十月三十日（丁巳年九月十五日乙巳）　火曜日（即星期二）　國民日記

提要（交際）

吴鐵城來，昨夜海軍滇軍會議於海珠，陳炯明聞之如至，謂以願去其軍職。滿城風雨，漸見曙光，護軍政府不可坐失事機，適偕伯琅赴府進謁中山，有所陳說，而派人赴滬西之說中止也。近日出省城特別戒嚴。

得李靜安書，不知何故又作灰心語也，而自承請軍政府給護照與輔周一名事，亦有賴說臨行，總如不欲功則亦忘其香港之戰與粤左丞之語矣，不謂靜安亦不自責，而反憤同志之視彼如眼中釘也。靜安前有三書，僅得其一。

得勃山書，決破釜沉舟之心求其有濟，以廿二日抵上海，廿三日即行，思親之切如此，吾獨不思吾母耶。

（通信）

得靜安微　十七日雲南

得勃山微　九月八日上海

（氣候）陰微雨

（溫度）衣單布衫一，晚夾衫一，寒於昨日也。

十月三十一日（丁巳年九月十六日丙午）水曜日（即星期三）國民日記

提要（交際）

（通信）

氣候：陰

溫度：寒減

午前著單布衣午後乃傷寒易以夾衣微汗遂愈

書法略進百八字竟費功夫三小時也

午後消遣假弄竹戲囊金為之罄焉　蔣介石張岳軍來遂邀介石

西湖酒店

蔡氏偉告余陸幹卿決以莫榮新代陳炳焜

經營多事之捷法一時治一事是耳　意附特

十一月一日（丁巳年九月十七日丁未）　木曜日（即星期四）　國民日記

提要（交際）

桂人敢爲詞謂粵省非廣西人不可如程玉堂謂粵將桂軍必撤退財務軍

滇軍出師攻閩時即玉堂孤立無援李耀漢乘機竊位之時也我聞

之而未與明言其故

（通信）

（氣候）晴

（溫度）

十一月二日（丁巳年九月十八日戊申） 金曜日（即星期五） 國民日記

酒之溺人甚於海 撒伊拉士

提要（交際）

通信：得静安抵東川電

氣候：陰 有日

溫度：稍涼

佛眼未旋及辛亥革命後漢民競存相促背粤籍同志之因事被殺者若干人言之若有餘痛佛眼見機先去倖乃得全否則雖不死亦必与為廣東之亡命者伯仲也此事余初不之知廣東黨人之不相容其在是乎

鄒君人將還川未久談每追溯往事不勝其慨也 高篤臥鄉乃迷於采戰之房中術殊足異也又論高破久之以賭敗

十一月三日（丁巳年九月十九日己酉）

土曜日（即星期六）

國民日記

飲清茹淡袪疾延齡　明仁孝文皇后

（提要）（交際）

靜安戚文復自告奮勇而辭免共和黨人之說官也

寫字讀書未出外也

晚訪許唯心遇李根雲根雲述陳炯明之為人雖有成見然勝小人之評不爽也

（通信）

得靜安戚十月廿三日寄南

（氣候）

食　十數里外出羅兵

（温度）

十一月四日（丁巳年九月二十日庚戌）日曜日（卽星期日）　國民日記

提要

（交際）

（通信）

得田兒稟 十月廿九日
四叔四弟來書 八月廿九日

（氣候）

晴 微日

（溫度）

鄒述午令名占人 今日返鄂未別

田兒書來上海日用佚支一個月我度其必不足也 四叔寄田兒函言及家事大為情懣有將家中古兒價収清楚後一概不再染手 必田兒對於其叔不謹於言

家庭之間不可有卻 田兒往者如彼今四弟流於此影響若桴鼓也 吾家被劫 四弟未詳其日時 舉家人避去所失衣物而已 吾 本生母八月 舊曆 四弟未詳其日 容顏失裕 家殊城南遷家廟光裕之事為匪擄去 吾 母受大驚恐 田兒極孝 偉卿之言則謂吾 母嘗被匪縛也 小子不肖不能仮國即於治以致全國紛亂鄉里尤若匪不安 其母亦罹於危惶恐無似矣

退傳友于施燮夫　見劉輔周寄渤山書牘之錦帆皆志於西南矣

彭介石來譚 頗不滿於唐 但其相識人諸人誠則有用心為也

欲成非大常誰非徵　明仁孝文鼎居

提要（交際）

論中山以四川消息告之，而中山之氣焰稍沮也。居覺生語我曰：此次文明知失敗矣。

昨吊黃用輔。用輔名宏憲，廣西人，參議院議員，赴國會非常會議而死於廣東，以身殉國者也。其兄宗憲原與東國

（通信）

（氣候）陰

（溫度）寒

午前十一時日出

十一月五日（丁巳年九月二十一日辛亥）　月曜日（即星期一）　國民日記

貧賤之交不可忘糟糠之妻不下堂　宋弘

提要（交際）

以家被奴是親被仇親厥為虜而吾父子南北播遷故反復徼田兒常憐離吾心而彌求瑞寶也

許唯心名徵與黃白元散步東堤過鐵城相與匡廬作論近事後子瓚亦來於是始知中山已陷於窮極之境章太炎之去也不負氣程玉堂亦相同切也而已蹂吳景濂以謊言之故而肆破壞海軍以誠設而離滇軍以蹂而淚由是知滇之議員則舍軍府而就居矣守衛之李福林軍隊則舍軍府而合李耀漢矣當此之時亟思補救頗不易也

（通信）禾田兒

（氣候）陰

（溫度）

得意時不可作驕傲語失意時不可作憤激語 古諺

十一月七日（丁巳年九月二十三日癸丑） 水曜日（即星期三） 國民日記

提要（交際）

（通信）

（氣候） 晴 （溫度）

閱夜譚隨筆 記鬼狐者然間亦有益則以其微揚教也
與褚慧僧 輔成 談其相世鈺論時局而其相以為中山信李耀漢之言也辯
以解之恐不足又假褚慧僧使說其相
此次政變既已不可了之局段祺瑞之挺而走險悍然毀法律而破壞之非初志也
相逼而成至於是耳其原因則始去年十月十日國慶節之謠而舉副總統
之議也重以梁啟超被擧度軍務院諸人之排擠含憤欲伸相推相盪愈
逼愈近至不可收拾故段氏違法我亦誅之然原始要終民黨當負莫
大之咎若唐紹儀吳景濂谷鍾秀張耀曾輩尤此役之罪人乃不勉
求自盡以利國家猶各肆其鬼蜮而酬首領利祿之夢衆人不察多
和之若亡國敗家之徵也

獨居之樂不如與他人共生活況在兄弟　棱格拉底

提要（交際）

通信

得叔實視家書
成洛伯叔實
示田兒

氣候

小雪

溫度

黃季陸來市朝六時半許也付叔實視家書一以過香港函而未緘封君讀則清揚鳳石德基公孫長子及鄭君和皆起兵錫卿有為四川靖國軍總司令之說　叔實謂川東宜起兵諸人宜有以統一之吾意頗難其人靖揚毅人中既有不能相下之慮而事旅一人歸去尤覺其難本此以覆之午後赴軍府則聞據上海電已委靖揚川東招討使後生錫卿四川靖國軍正副總司令靖揚能否指揮川東疑問也有後生樂觀其聞殊底發乎　叔實視家無辭生故思蜀欲還吾勸其靜而不動容上海以醫術自活又舉動出此行歸去之計盡告之

講學當有言出而躬不逮之恥　廿提齋

十一月九日（丁巳年九月二十五日乙卯）　金曜日（即星期五）　國民日記

提要（交際）

通信：得滄伯書

氣候：小雨

溫度：

与李龍商滇黔兩省使接洽後生錫師青揚也電文擬就李龍為我更為中山言遂稿中山以滄伯書示仲愷僅得軍府將斷炊矣一語可歎仲愷又言中山近日不復注意外省事此皆足使人增悝歷若初中山固忽視廣東事也

不學無術，闇於大理　漢書

十一月十日（丁巳年九月二十六日丙辰）　土曜日（即星期六）

提要

（交際）

（通信）

（氣候）小陰

（溫度）

寫字讀書外，与客周旋而已

夜覺曉非　今悔昨失　顏之推

十二月十一日（丁巳年九月二十七日丁巳）禮拜日（即星期日）·國民日記

提要（交際）

訪盧佛眼譚次徒作束手待斃之歎蓋莫擎宇進攻惠州而佛眼潮人計所以破擎宇顧因無錢不能具行路之費也

陳炳焜覺土匪視朱卓文何俊士諸人欲往香山視卓文行止遂電詢鐵城以香山情形而止俊士諸人沽酒小酌睡已二時矣

（通信）

（氣候）晴

（溫度）

十一月十二日（丁巳年九月二十八日戊午） 月曜日（即星期一） 國民日記

賢者不悲其身之死而憂其國之衰　蘇老泉

提要（交際）

靜安自貽風電告行程（三日發）東川南北並進程故閩廿一日照到（二日收到截恰值）且

言旗師出發平寧之飭殆不知自流井之敗也

亮工電告遺去時寄電碼（六日自瀘州發）真荒怠人也

午前十時起身寒逆入浴

攸四弟稿具家務事々審慎凡遇禍患宜靜而不輕動又詳細就以弟兄貴善叔姪相處之道

（通信）

得靜安亮工電

得陳振中告發之

攸四弟

（氣候）

（溫度）

要自若品行高下但看所親者何如人　中涌光

十一月十三日（丁巳年九月二十九日己未）　火曜日（即星期二）　國民日記

提要（交際）

（通信）

（氣候）晴 晚有微霧

（溫度）

赴軍政府商遣鄧天翔永祜陳得尊仁黃肇陸還川擬取公債券寄後生錫卿而越南不能携之以過苦無法也

夜又與馮中興謝人議還川之法罵喧頓苦

唐繼堯通電謂西南兵事當自為政則勢不能奉一尊宜推外交代表言外似視軍府為贅疣國事恐有不堪回首者也故吾促川人之來粵若還川相川軍之勢

報載午嵐通電業於十一月十一日起兵

十一月十四日（丁巳年九月三十日庚申）　水曜日（即星期三）

無用之雄辯猶椅樹也高大而不實　—英諺

（天候）晴

（溫度）

（提要）（交際）

偕仰跟赴軍府，入詢周道腴、宋子靜，述赴肇慶情形，待仲愷至五時，

仲愷未歸，不得已留柬仲愷而返

與楊浩春 字子紘，雲南興順人，上司 議募公債

（通信）

十一月十五日（丁巳年十月初一日辛酉）

木曜日（即星期四）

國民日記

提要（交際）

為天翔李陸衍尊取資而返之行　晚赴河南歸与伯琅事卜比睡已三时矣　先是劉少廷告叔恐日内有變　入夜席丹書又來告邀約中貞士俊肇權冷塵及彭瑞麟吳貫三鍾某数人渡海

（通信）

（氣候）陰

（温度）

十一月十六日（丁巳年十月初二日壬戌）　金曜日（即星期五）　國民日記

提要（交際）

聞張溥泉方督請出面[illegible]調停

叔實觀家及四叔皆勸我還滬

通信

得叔實觀家及四叔函

得陳得尊函　香港

航候

温度

常以責人之心責己恕己之心恕人　范堯夫

十一月十七日（丁巳年十月初三日癸亥）　土曜日（即星期六）　國民日記

提要（交際）

議員談話會決定電促議長還廣州開非常會議，召集正式常會。溥泉所舉元帥府、西南會議、粵桂湘三省大都督三事，皆所以謀消滅軍政府者，衆不置議也。然溥泉之說，其中亦有所見甚是者，而中山先生則又一意孤行，結局微難測矣。

散會後偕伯瑕、競生、仲愷謁中山先生，勸以數事，皆不聽：一、留徐季龍秘書長；一、不宜激成行動；一、如粵人欲驅逐某督，可聽之，不可爲戎首也。惟關於時局之通電，得其同意而已。

自北軍入湘，將領王汝賢、范國璋通電全國，要求停戰議和。十四日而傅良佐、周肇祥皆逃。十四日夜半知段祺瑞內閣之危運至矣，今日果見段祺瑞內閣之全體辭職。大局之趨勢不難預知，故南北中山先生通電全國，申明國會非常會議及軍政府成立時之宣言，俾南北軍人咸喜及之也。

通信

氣候　溫度

姓

勝怒如勝勁敵　稱羅

十一月十八日（丁巳年十月初四日甲子）　國民日記（即星期日）

提要（交際）

（通信）

（氣候）（溫度）

姓

聞滬泉將返上海，朝訪寶崇同留江函，漢民自梧州歸，相談之，徹頭覺中山先生有一段之流弊，以昨日允黃函電故也。請求允酒。

赴元帥府，再與漢民同謁中山，延遂未見。中山處堅其措決也。臨晚漢民約川滇議員，晚唐紹先當派北京解散臨時參議院，而後停戰，而以回復國會為第二之保障。

入夜謠甚，傳石龍有戰事，省城亦於今夜舉兵。

勿作心上過不去之事勿萌事上行不去之心　吳康齋

十一月十九日（丁巳年十月初五日乙丑）　月曜日（卽星期一）　國民日記

提要（交際）

通信：得田兒書（十二日）　復次仲士遠

氣候：晴

溫度：

昨夜中山竟又有軍事行動身赴某礮台令開巨礮二十餘發皆不響也癈然而返非是全城幸得無事中山亦不至一敗塗地惟中山還元帥府遂不解衣而卧竟日未起氣急而病痛

吾國海防江防言者久已指爲虛設不謂廣東亦復如此累礮台之礮既爲十八百五十年製之舊礮其彈力所及不過二千碼遠乃至敗壞不能發響國防若此尚何言哉

仲霞叔寅親家書未付郵人

田兒以叔寶親家遊移不決還川之議議非無當年之勇氣消沒之見妄議長者此子近來最大之病

蕭次仲自重慶緘告潘士遠式凡詐騙乃兄恫嚇之狀不圖士遠竟至是也我與伯張皆有責焉遂令復次仲士遠

十一月二十日（丁巳年十月初六日丙寅）　火曜日（即星期二）　國民日記

慾傳可治　慾名不可治　英議

提要（交際）

（通信）

（氣候）晴　（溫度）

謁中山臥病就室內見之吳景濂以下二十餘人也自覺失敗中山亦亂
浙許而廣伯自赴杭州不見被非陸榮廷出仍為軍政府一致之主張
雖二人皆為事後與海民黨大勢已去然補牢猶未晚也鐵園
函建進規江浙廣以黨可伸其志乎
過廣伯見所擬國會非常會議通電文稿以為未善略竄易之又加入
滄伯復生兩人名
晚十一時許天字碼頭某兩軍因誤會遂開槍攻擊人民奔逃商店閉戶
一時驚惶萬狀而吾與直厥湘廣伯猶咬文嚼字竟未之知
中山告擧其十八日夜中軍事行動及其失敗之秘以告人此老胡可討
大事也　海軍與中山之誤會愈甚

匪禮而勸邪僻焉　明仁孝文皇后

十一月二十一日（丁巳年十月初七日丁卯）　水曜日（即星期三）　國民日記

提要（交際）

通信

氣候　晴

溫度

海軍由与中山誤會遂信中山謀叔毀海軍之船之謠宣布戒嚴今晨与溥
泉、漢民促論中山及海軍事漢民謂中四人作正事則畏縮作壞事則
勝大也吾亦云然
游沙面租借地之室內布置井然一水之隔有天堂地獄之判也游十八甫觀
真光公司啜茗其最高處於是廣州之大盡在吾前地面与成都相
埒而民居稠密則什伯倍之矣於一元白借
夜謁陳篤蕃係游擊舊部佛眼來將赴潮梅以第四支隊起兵並偕訪夏
先生　資
於一言張表方如肖橫之輩又与赤池不相能以川滇縱兵則周張必鬥果若
是吾川亂未已也況劉積之何其豪耶

十一月二十二日（丁巳年十月初八日戊辰）木曜日（即星期四）　國民日記

提要（交際）

（通信）

（氣候）晴

（溫度）

待抱一不至晚抱一來

未出廟門一步寫字讀書而已

患難雖不能令人富然能令人賢　英諺

十一月二十三日（丁巳年十月初九日己巳 上午四時三十一分小雪）金曜日（即星期五）　國民日記

提要（交際）

倪電：川省諸人已渡汶者，勗以并力破吴光新，啓金聚東出武漢，北趨關隴。又說季池、長方、海珊、錦舵、直錦、帆灼三，以變計出護法，各軍據各路以保國，又明以休息四川也。昨夜草稿，今日修飾，頗有改竄，於以知文字之大忌。

馮裕芳、郭彥華僑召飲南園。

（通信）

（氣候）晴

（溫度）

十一月二十四日（丁巳年十月初十日庚午） 土曜日（即星期六）

山僧人齋易 山齋入僧難 張知白

提要（交際）

書法略進

赴軍府與仲愷商並補刪文字事 晚過展伯粤局頗有轉機 陸榮廷亦有接洽國會用度消息

萬難隅王毅達謝從軍 以明日赴台山營次要之往者袁鉌江蘇人 現任警衛軍營長

見張靜江致褚慧僧電 浙江將有事也

（通信）

（氣候） 晴

（溫度）

盛喜中不許人物　盛怒中不答人簡　俗諺

十一月二十五日（丁巳年十月十一日辛未）
日曜日（即星期日）

國民日記

提要（交際）：游花地

通信：致北實（十月十一日作）　昇丙田見贈（作）

氣候：晴

溫度：

游花地　花地廣東名勝，省西門之西，在西江南岸也。偕伯瑕坐小艇橫流而往，登岸頗不啻意。入花園，始悉賣花者藉花待沽之地，殊索然。然既來，其地終較市廛為勝。於是遍觀諸園，之人之栽培亦有得法者，最留意處則其以柚及橙之小苗蒔之於盆而結實纍纍，與大樹無異，是必有法者。見羊桃樹，園內以白蘭為多，若菊則晨星矣。陰曆十二月一日游人最集之時也。

十一月二十六日（丁巳年十月十二日壬申）　月曜日（即星期一）　國民日記

小過不改大惡形焉　明仁孝文皇后

（提要交際）

數人每夜必來吾寓蓋此輩殊不讀書每來皆閒談頗不耐之

（通信）

（氣候）晴

（溫度）較往日稍煖

愛國者不謀身　周人者不私己　李邦獻

十一月二十七日（丁巳年十月十三日癸酉）火曜日（即星期二）國民日記

提要（交際）

為董萃階之次子來粲謀路費送赴大元帥府

見唐繼堯十九日電劉存厚未嘗附南軍也

勛山之叔陳篤齋既決北旦東本故催勛山擬以篤齋託幼田

見滬伯致中山賤痛斥鹿工中有語云鹿工自稱奉中山電令其邑速組織善後者

無往而不偽不可藥也

（通信）

復勛山

（氣候）晴

（温度）

十一月二十八日（丁巳年十月十四日甲戌） 水曜日（即星期三） 國民日記

（提要）（交際）

謁中山計滁州事 与伯澂飲 訪陳仲孚乃悉去年王晉忱被害汎朱紀青霄尚監禁於模範監獄中 吁可痛也

浙東於廿六日起兵 置軍事機關於寧波 又傳浙江督軍楊善德 安徽督軍倪嗣沖以廿七日宣布獨立擁護段祺瑞

昨日今日皆為客与事所擾 今日則僅翻閱政治學三四葉也

（通信）

（氣候） 晴

（溫度）

敖不可長　欲不可從　志不可滿　樂不可極　禮記

十一月二十九日（丁巳年十月十五日乙亥）　木曜日（即星期四）　國民日記

提要（交際）

偕伯琅入城答謁友人并往反徒步也

法政學校在城内東北隅地頗幽邃宏潤可以為學也所歷街肆皆狭陋而人則多　昔聞城隍廟為遊觀之所經其處乃襤褸之所聚也

山田純三郎及塚原嘉一郎召飲南園執之塚原與我初不識聞為商人將設某公司而袁常紀（任）三井洋行者

陳中孚召飲　中孚家無餘財今何揮霍不惜錙銖　抱一為我言覺生及周道藩陳中孚自排孫之後而俠皆擁資尤不可解者方性貞劉紀文亦多錢也革命如是我何僕僕耶

（通信）

（氣候）（温度）

会

十一月三十日（丁巳年十月十六日丙子）　金曜日（即星期五）　國民日記

天下之最可貴者無如時日天下之最奢侈者無如浪費時日　利洛特

提要（交際）

（通信）

（溫度）　（氣候）晴

劉顯世電告二十日下江津縣城黔軍丁濟熙率六支隊據榮縣宣布
與南軍一致行動由唐繼堯委任第一梯團長
伍秩庸抵粵有約迎之者吾拒其請省脫為我言曰八十許老翁吾輩
何妨迎之吾含糊其詞以謝之蓋不滿於此老之心不能盡異於人人
雖然伍秩庸尚不若唐紹儀之可誅也
伍老登岸莫榮新亦迎之乃有投炸彈於天字碼頭者莫督無恙傷兵
數人
伍老博士自八年共事於軍政府細審其行事乃小事不務而大事
則屹然不搖可敬人也　十五年九月九日記

甜酸苦辣宜嘗徧是不好惡總由人　陳展亦

十二月一日（丁巳年十月十七日丁丑）　土曜日（即星期六）　國民日記

提要（交際）

通信：得四兒書，伯為未晚。得林競古戰，茶江。

氣候：晴

溫度：

終日僕僕，皆所以為人。四兒禀言得吾四弟書，家人尚少無恙，惟匪熾至於入縣城三日，親戚之損失財產者至鉅，吾之商店所損亦在四百金也。又言上海家用甚窘。又言其介介於乃叔者，非為財產，而不平於乃叔之將於吾母家之親、吾妻家之親及假仲執家，不若東璋諸人家之厚。四兒此言是或出爾，要不應肆口於叔也。

為碼中與路資，而仲權使我不快。昨已允我，今日忽言須先得中山承諾。及中山允矣，忽又露一賜多靳而不予之狀，是何據我之至耶！

漢民省長又為李耀漢攫去，政潮誠有若風雲之變幻也。

十二月二日（丁巳年十月十八日戊寅）　日曜日（即星期日）

（交際）提要

作成　陳梅谷名新榮宜賓人粵人任警衛隊司令部軍需處處長與　王介哲名從讓秀山人任軍備處科員台

飲赴之旧座者伯琅及董聖傳名天縱宜賓人現因之妃以縣知事候補大飲竟未至醉又赴

東園莫宵軍之召

（通信）

得朱蘭華啟　台山

（氣候）

晴

（溫度）

不困在於早慮不適在於早豫　說苑

十二月三日（丁巳年十月十九日己卯）　月曜日（即星期一）　國民日記

提要（交際）

寄上海家用百圓交田見俠乞轉儀叔交也

佛伯派與仲權商定灤州事

報載川軍攻克敘州

通信（往信）

不覓

氣候｜溫度

晴

責己者可以成人之善責人者適以長己之惡　許平仲

十二月四日（丁巳年十月二十日庚辰）　火曜日（即星期二）　國民日記

提要

（交際）

得滌山牋（滌生十月三十日作　總發十一月七日）

（通信）

致滌伯及仲執仲言四弟（仰為）

寄田兒稟內附四弟書（十一月五日）及

酒春牋　示田兒

（氣候）　（溫度）

山東略告滌伯

四弟書具道十月匪攻縣城之事　吾弟奔　先母及陳劉三女弟避於店（不言兩弟婦）

殊足念也　十月廿七日（舊九月十二日）滇兵退去赴瀘　廿九日匪至　三十日匪鬧　繼攻城閱三日

駐自井滇軍退赴瀘州道經縣城　匪始退　東街及西門外多受騷擾　吾兒婦

母家被搶　失物不少　在商店間各紫約失二百餘元　秉璋妹婿身藏銀錢亦被搶

去也　吾母驚悸不小　幸四弟叫探戰息以告　俾乃稍安　先母又微嗽　士俊妹婿

又病目　此皆為其終身之累　孝純甥病後其腳手無故時痛　頗思歸去

一視吾母及骨月之親　仲執妹婿及仲言姪　薛隆偉皆欲還川　田兒未

閱滴由函　無法姑歸　徐圖其後可也　酒春能教琴自活　溫宗鑑（字紹卿　江安人）

還川説與未見（曾任五師　旅長）

朋友不可輕率交之不可輕率棄之　梭倫

十二月五日（丁巳年十月二十一日辛巳）　水曜日（即星期三）　國民日記

提要（交際）

政治學　稻田周之助著　今日卒讀計二百餘篇一暴十寒至今日始編可謂惰矣

黎天才石星川以四日起兵荊襄入南軍矣

季陸三人由雲南來電請為路費匯以託滬中與程宗鍠

（通信）

復張左丞鄧天翔黃季陸陳得尊

（氣候）

晴　夜寒

（溫度）

十二月六日（丁巳年十月二十二日壬午）木曜日（即星期四）

天氣	溫度
陰寒　西北風作	

提要

通信

過中山，言湯緒姬及孫州事。

見報敘州、瀘州、南溪、江安、納溪、江津，皆為川軍克復，四川地方已章佐一，

今大局則又轉機，憂之。午後五時，得錦帆據重慶之消息，聞以四日

譯兵出至嘉外長趣，所謂長出室外者庶幾已。

湯緒姬初識也，鑑其人驕滿，惟其姿質不甚，又欲其效力求國，遂忘疎遠

求其行也，直視之。　遊馮中興湯緒姬行。

謝持日記

十二月七日（丁巳年十月二十三日癸未下午十一時四十七分大雪）金曜日（即星期五）　國民日記

處逆境行善易處順境行善難　路修夸

提要（交際）

通信

氣候　晴

溫度

得確息重慶已克也此須單詳圖因敵軍得甚萬了而秦瑞及吳光新之遁北是仍因頓事暇錦帆誰持秩序耳

鑑小善則大義明略小過則讒隙息　明仁孝文皇后

十二月八日（丁巳年十月二十四日甲申）　土曜日（即星期六）　國民日記

（提要）（交際）

飲後開各軍司令官佐於省議會
覽生得子飲客以酒址之
過中山

（通信）

（氣候）
北

（溫度）

浮躁之氣足以敗事　胡氏弟子箴言

十二月九日（丁巳年十月二十五日乙酉）　日曜日（即星期日）

國民日記

提要（交際）

席冊書約十一時來譚蓋赴天津擬出債券十萬

抱一將還川細計四川大勢邀公俊侯生錫卿青揚青仁漢聲又北

抱一善視忌工

介紹何英張英輔中山元帥

送抱一還四川錢俊士肇權

（通信）

（氣候）（溫度）

姓

十二月十日（丁巳年十月二十六日丙戌）月曜日（即星期一）

提要（交際）

午後渡海因事與仲愷大迕數年所未有也

送何俊士名英固陽人張肇權名英貴陽人之滁州

偕吳鐵城視中山及時振作

初擬蓮溪德政不附逆非謝函日見令嚴其　母實壽七十之日權供奠也

通信

永田少

氣候　灶

溫度

廣積聚者遺子孫以禍害多聲色者殘性命以斧斤　李邦獻

十二月十一日（丁巳年十月二十七日丁亥）　火曜日（即星期二）　國民日記

提要

（交際）

（通信）
復四弟及士俊東璋

（氣候）
陰

（溫度）

安亂囑四弟處處留心士俊自病時作非佳事也東璋恐以護財被匪害故令儆之

購衣不得

張開儒印佈文字攻訐李烈鈞其言固有可聽然以悻悻之故皆有可議者也

華　權　於　家　赫　行　黎

提要（交際）

援閩滇軍出發旅長伍毓瑞后由天字碼頭登舟送之行伍與滇軍列隊送之其既行也吾細觀滇軍之精神形式未見其殊異諸殆其花與

優游度此一日

匯日本幣廿圓託允白之侯代購日籍

香港循環日報記滇黔兩軍攻重慶事曰此次之戰四川黨人最用力也黃復生為總司令石青陽盧師諦夏之時陳鴻圖公孫長子為左右翼奪江津者石青陽也攻三百梯以逼黃角埡真武山者夏之時也從屬於人非是滇黔兩軍之名歟矣

（通信）

（氣候）陰

（溫度）暖　著薄夾衣

衽席之上飲食之間而不知為之戒焉過也　莊周

十二月十三日（丁巳年十月二十九日己丑）　木曜日（即星期四）

國民日記

提要

（交際）

（通信）

（氣候）霾　細雨竟日

（温度）暖　着夾衣

檢傷寒論

見電居繼先妻往復生錫卿為四川靖國聯軍總副司令官

日來微病中滿於是減食大運動以助之

沈鴻英之殺金國治也嫉功妬害能而已矣武力横行之日誰能究非孰耶

不勤學則無以爲智　不勤敎則無以爲仁　太平御覽

十二月十四日（丁巳年十一月初一日庚寅）　金曜日（卯辰期五）　國民日記

提要（交際）

過鄭稚嵐遂淸唔於竹殿夜深返歸

（通信）

（氣候）陰微雨

（溫度）

勤勉造光陰光陰爲黄金　蹉維甫特

十二月十五日（丁巳年十一月初二日辛卯）　土曜日（即星期六）　國民日記

提要（交際）

（通信）
得叔實祝家慶卅初五之書悦
廿一 答函上海

（氣候）陰
（溫度）

杜若泉未訪始知係春吾 名鴻鈞 係竹人 抵粵以昨日再訪叔而未遇也春吾為午嵐派赴廣州代表午飯後邀偕伯琅往訪之乃得談若泉廣搢春吾未到時若泉出春吾受任出事及審慎進行計畫書讀之而設行者種罵粟鑄銅元欵事頗不當也春吾到略談約晚九時到我寓細計一切

當與春吾談審慎事於若泉處也鎮守使一說余謂故難而春吾乃曰不能以吾等政客眼光計之余與春吾為見面之始與計事竟出此言察其為人有進取而自是其所見行政政治未嘗無意直擬他出求劉翊之目的若也然為午嵐計為民堂其可行者出力助之

叔實祝家以游粵屢滬頗閑之也後間呈甫 炯伯 取存字協電布寄報

十二月十六日（丁巳年十一月初三日壬辰） 日曜日 （卽星期日） 國民日記

一絲之帛出女工之勤一粒之粟出農夫之勞　明仁孝文皇后

提要（交際）	（通信）	（氣候）	（溫度）
		陰	

午前有客 午後偕傅左吾盧伯琅李元白進福中山取決胥遠事於是午嵐為川南鎮守春吾建昌道尹公債券五十萬之議定

治酒一桌候為春吾洗塵 傅友于吳吳山皆與

十二月十七日（丁巳年十一月初四日癸巳）　月曜日（即星期一）

提要（交際）	
通信	示田兒　殷叔宿諸伯及閔新甫 上香草師書
氣候	陰雨
溫度	寒

赴元帥府与秘書廳商留遠事　往來以舟　蒻夫衣㡔挂北風吹來頗怯寒也

孫翔夫來訴近境　允為言於中山　以次謝人

日本攻俄而强我國一致作戰　是亡我也　晚　香草師請祝洞閣梅堂

約叔宿視家淮與凝待之而相携往來也

十二月十八日（丁巳年十一月初五日甲午） 火曜日（即星期二） 國民日記

處逆境難處人倫盤錯之境尤難　毛稚黃

（氣候）陰

（溫度）

（提交）（際交）

（通信）

吳山見林皖合來電而喜滋生語於我午後晤元伯則已接皖什電二庚治亮

昨日俗處境之困逆激告贊午嵐之恩不覺自語而元白亂在側漫曰吾為老伯

言於春如吾深佩此言今日見元白與春如擬電稿託詞賭彬以索金於午嵐

頗怪其欺於老孟嚴元白之以吾意語春如也文呼元白丁寧而沮之使毋以

吾意語春如元白似誤會以為吾不直購械之託詞而出此孟之白其不以春

如為是且歷舉春如之言之又援徙諸周疇昔所謂「春如非光明者」之語以實

之然自春如抵粵元白對之極其殷勤親密無比忽一旦言此不禁駭然

作字頗閒緩而自視質已退以質道映硯日進矣

十二月十九日（丁巳年十一月初六日乙未） 水曜日（即星期三） 國民日記

防惡人難於防火備盜

提要（交際）	通信	氣候	溫度
	張午嵐	陰	

陰曆十一月六日也吾母七十壽之期而棄不孝明已八年矣不孝又客廣州妻孥居上海未能潔供奉祭無之罪人蓋未有如不孝者也故鄉亂離吾妹近況 先人之慟尚有難以形容者悲夫

赴市購寒衣未得

張午嵐告以大局并徵其種烟種烟者如菜也非己而徵者如

粵督莫榮新以公函第八號請報告留軍糧餉事前無接洽係統一函所謂無禮者也當詢諸該負中之得此函者而覆之

自滿者敗自立者愚自賊者忍　李邦獻

（提要交際）

（通信）得天翔李陸得尊函（十二月二日）

（氣候）外

（溫度）

四川有熊電致元帥府邵元沖遂電促張往商之適謁中山決之遂代擬一電

致唐蓂賡

聞陸榮廷電莫榮新取消自主莫榮新集軍官會議皆不從陸令

龍濟光於十一日宣布就兩廣巡閱使職出兵登陸

天翔李陸得尊三人函報支欵數目其窘急可知也

致富之難在〔於〕初所積之萬金　噐士他

提要（交際）

舊曆十一月八日也　本生母壽辰　小子喜吾親之延年而當順陷北敵兵匪縱橫不知底極吾親安於家耶抑流離避亂耶　思子之心必已碎矣今此不勝其悲

代元沖擬電二　一寄陵生　一寄吾楊叔瀛諸人

晚訪曉柳縱談粵局

（通信）

（氣候）（溫度）

晴

十二月二十一日（丁巳年十一月初八日丁酉）　金曜日（即星期五）　國民日記

十二月二十二日（丁巳年十一月初九日戊戌）土曜日

提要（交際）

通信 得節天朝陳得時 十二月十二日發函

氣候 溫度

陟府十一月九日也 本生父鏡湖府君棄不孝等於今十八周年矣 而葬
當於鄉妾李容於茫 不孝寄於粵 一家分离 不能潔牲而祭 世之亂
也 子孫之慟也 府君屬纊 為午後申時 即三時至五時之間也 不孝
今日赴市 購衣帽而歸 路遇傷右食指 流血至多 適當四時三十餘
分 烏乎 殆神明所儆不孝也 牛皮菜粥 茅屋偏天 牀無薦席以臥
病亟無醫藥 皆當年痛心事 子孫所不可忘 今也能食安居 暗鄉謨
宜其殛乎
海軍捕獲能浩光兵船及運船於關坡外 石陽江縣 黎天才獨立通電來粵
李陸諸人未得所寄公文 於國郵政 何遲滯也

動必由道內必由信　明仁孝文皇后

十二月二十三日（丁巳年十一月初十日己亥）　禮拜日（即星期日）　國民日記

（提要）（交際）

午嵐緘電不覆何耶

春吾以昨日合飲吾謝之今日特約兩人對飲因彼其假款軍府事其也果非中市器而又詭詞為春吾媚我其不誠蓋時時事事然也

寫字

作書寄四弟蓋今吾母生日之或避亂於外而父忌日之未能於家展祭也　又寄書孝純長甥念吾妹哭吾父母之悲而有所以稍慰解者

（通信）

得左丞腹　雲南　十二月十日

寄四弟及孝純甥書

（氣候）（溫度）

晴

養心莫善於誠　荀卿

十二月二十四日（丁巳年十一月十一日庚子）月曜日（即星期一）　國民日記

提要（交際）	（通信）	（氣候）	（溫度）
		晴	

渡江晤蔣占滇人周知禮區長偃撒步話西南也夜知禮召飲

以時世妝自炫者裁縫匠之玩物　英諺

十二月二十五日（丁巳年十一月十二日辛丑）　火曜日（即星期二）　國民日記

提要（交際）

雲南起義紀念日也帝制之變其靖定也無幾時而護法之戰又作國罔寧日甚矣治之不易也晨起赴歡會慶祝旋赴元帥府祭諸先烈遂赴東園滇軍將領李烈鈞張開儒方聲濤開筵慶祝夜舉提燈會

（通信）

（氣候）晴

（溫度）

十二月二十六日（丁巳年十一月十三日壬寅）水曜日（即星期三）

（氣候）雪

（溫度）

提要（交際）
得何俊上書 十九日上海
示田兒 微叔實叔函
得馬怡比書 二十日常州

通信
得田兒案 十一日上海 四弟兩書 陰曆十月五日 十月十四日
得李讓妹婿書
得徐培枝書

陰曆十一月十三日也吾母棄不孝七年矣不孝自丁未冬出亡不見吾母財於今十年也丁未庚戌四年之間皆吾母寄悲思子悲傷之日天不悔禍降此鞠凶吾母竟懷恨悲哀而棄不孝吾父尚因是感傷以次年相繼而殂所謂罔極竟使謝恃無父無母宜乎人心之日流澆薄而亂以日滋小子之罪匪特無以訓子孫也吾父母在天之靈其痛此乎

田兒來書內附四弟兩箋吾 本生母乃因病咳華而良悠謝毋食權飯等碗大可憂也當順入於敵苟亂忘圖巫歸矣田兒不言收款其遺之耶 叔實視家特以醫濟世 田兒婦有娠 校園食物騰貴菜油斤至四百錢紅菜菔斤至四十錢棉花斤至千二百錢

香者禍福之門也　老聃

十二月二十七日（丁巳年十一月十四日癸卯）木曜日（即星期四）　國民日記

提要

（交際）

為林德軒事偕李孟吾及其学生程如蘭謁中山
中山謂我持以某職相委任而辭之退尋葉夏聲為我善辭告以
不得財支之意
茹稚陽朱蔚華王毅造隨軍返廣州
陳篤孫還蜀與廣西人黎漢之偕漢之軍人吾持介紹之於育仁溪
棒也

（通信）

（氣候）晴

（温度）

好稱人惡人亦道其惡好憎人者亦爲人所憎　說苑

叔虎　岩由　伯琛　吳山　春吾　元白　四人　周長　羅君　兩農

提要（交際）

通信（寄）覆李協和函

氣候（溫度）　　姓

電陝生錫卿、午嵐、杖擬青揚紹蘇、皆以錦帆推岑春煊爲西南議和總代表，李烈鈞爲西南聯合會議四川代表，而謂副使大局同事一切主張文電諾人當鄉意，去不識聽納否也。又電詰錦帆，其推李烈鈞爲聯合會議代表，是否已得四川各軍同意，抑係代表個人。錦帆既歡迎吳光新，又不躬兵響應，吳周既敗，藉外人及地方之力坐收維持秩序之利，以固其祿位，已覥然無恥，而不審量，竟以全川民黨領袖自居，通電派人代表，所謂使全體蒙羞者也。故覆謝李烈鈞外，特電錦帆詰之。

又託吳鐵成善爲我辭總務主任事，以後我當附逆之上海。

紉秋告我，中山又欲有所舉動，而仲愷、執信實主謀者。

以責人之心責己則寡過以恕己之心恕人則全交 林和靖

十二月二十九日（丁巳年十一月十六日乙巳） 土曜日（即星期六） 國民日記

提要（交際）

抱一已暗滬伯未函告離滬西上之期（十八日）俊士摩權放膽為籌去路炭亦以十八日離上海而北

夜赴青年會与呂復縱譚

諸葛偉告我日本政府之行動將干涉吾國事而勸南方退讓足可恐耶然亦恐嚇吾人已耳

以錦帆推西林協和為代表事告中山

程如蘭來別与計湘西事附致手林德軒書問之

通信

得抱一牋（上海十七日）

得何俊士張摩權牋（上海十七日）

發林德軒

氣候

姓

温度

謚素發性奔歷代德　明仁孝文皇后

十二月三十日（丁巳年十一月十七日丙午）（星期日）國民日記

（交際）提要

袁酥來見

周道腴李孟吾云昨日海軍辦事處聯合會議之討論湯漪楊永泰私議會之性質係政府組織僭代軍政府行其職權此性剛也並與伯琨復李協和告以川人公意不願之也

又偕伯琨電復生錫卿庇工督嵐厚堂叔癡聖裕青楊紹尊鏡台錦帆茂聲育仁伯常鍾雨華偉諸人以宜舉唐蓂賡為川滇黔三省聯軍總司令也

晚道腴告我聯合會議已決為等於攻守同盟之形式

（通信）

復李協和

（氣候）（溫度）

晴

立身行道揚名於後世以顯父母孝之終也　孝經

十二月三十一日（丁巳年十一月十八日丁未）　月曜日（即星期一）　國民日記

提要（交際）

（通信）得許智遠函　浙州
復鄧仲元

（氣候）（溫度）晴

前聚歸物請元沖不遇。午後偕張叔華訪吳鐵城，商明年元旦之夕晚餐
會事。飯飲鐵城處，所謂群歡者也。
廣州商民去年行新曆度歲之慶者，惟行政及辦公機關依例度歲
兩國曆紀念未入於民心，皆在上者之咎也。
袁鉌，靖若和字令德，江津縣人，癸丑之役為周崇平所部營長，為廣東警衛軍營長，隸統領李炳榮
今去職，昨日來見，志在團長，蓋其軍調歸陳競存節制，頃方改編，以
振閣與仲元實為競存參謀，協合撫記為之道地。今撫初與我不識
始相見，即以事干，因屬鄉人，又聞其治盜勇有功，又聞其能用同鄉
流氓者之象，非足充之，遂以箋介紹之於仲元
川頒軍十五日復納谿，十七日克永川，廿二日復瀘州，西唐繼堯通電右熊克武

本年行事提綱

振鴻弟 生甲申年十一月廿四日 前清光緒十年月建丙子日建甲子 即紀元前二十七年一月九日

弟婦王氏 生甲申年十月八日 前清光緒十年月建乙亥日建乙卯 即紀元前二十八年十一月廿五日

振清弟 生壬辰年五月廿一日 前清光緒十八年月建丙午日建戊寅 即紀元前二十年六月十五日

弟婦賴氏 生壬辰年五月十五日 年月同前 日建壬申 即新曆六月九日

大女弟 適陳 生戊寅年八月廿四日 前清光緒四年月建辛酉日建辛丑 即紀元前三十四年九月二十日

次女弟 適劉 生 十一月廿九日

三女弟 適鄧 十一月廿七日

四女弟 適劉 生丙申年七月廿四日 前清光緒二十二年月建丙申日建丁巳 即紀元前十六年九月一日

次女弟 適郭 生癸未年七月七日 前清光緒九年月建庚申日建乙酉 即紀元前二十九年八月九日

德華姪 清弟子

德和姪 鴻弟子 生民國六年二月廿五日（丁巳年二月四日）

德培姪 清弟次子 一曰衡直 生民國七年五月廿六日（戊午年四月十九日）

丙叉(505)

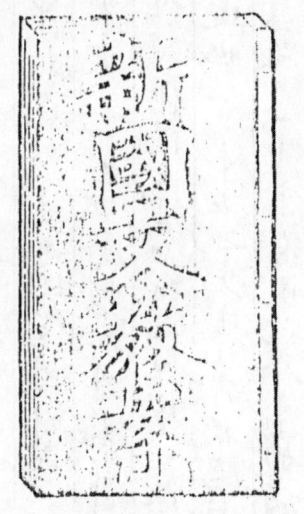

少年立身即從今日起（薛瑄）　南京政府成立紀念日

提要（修）：晚偕魏其武安侍立所待

（治）事：牋廣州各友賀年

（通）信：得黄公度牋 十一月二十二日寧遣　寄四弟書

氣候：小晴

元旦早起更衣盥漱恭具一牋寄吾弟請　先母李安又默念家庭常禮
起立如行九叩首又念吾父母吾本生父墳墓如行九叩首畢
即偕伯琅赴議會行慶祝禮議員團拜　立食三呼中華民國
萬歲又孫軍政府大元帥如禮夜開晚餐會於西濠餐樓酒酣
賓彩以為餘興頗歡樂也

溫度：煖

陳振中來別將隨頴軍征閩　尹公達還蜀別去
得黄公度牋已往寧謀參謀　王力虞黎合川來歸元日得此如飲醇酥
也因思所以弭川戰者　竹樸云涯伯將氏粵中山留之吾則異是亟
望其歸四川規久遠也　李血吾先生以乃根還湘謀將湘事屬吾
言於軍府　去年碌碌一事未有成就今年始矣當勉樹十秋之計

一月一日（丁巳十一月十九日戊申）　火曜日（即星期二）

民國七年學校日記

閒話更端茶竈熟　新詩分韻地爐紅（陸游）

一月二日（丁巳十一月二十日己酉）　水曜日（卽星期三）　民國七年學校用日記

提要（政治）与古應芬、徐霞、王幼將電

（學術）

（通信）得左丞書　寄內

氣候　午前補寫除歲三日日記　李孟吾先生來計乃棣建中事也

午飯後赴大元帥府偕中山大元帥問其方以電話任余商議王幼將

姓　幹、霞電返与秘書長古應芬略有決定也　李建中還湘事

中山以為然　晤劉德澤、周知禮於江干　德澤微以所謀語我

晚散步歸而馮君中興自滇返既晤之而馮君以左丞書授我又

溫度　告我以故不可謂非吾臨事之不審也　左丞乃攜其妾俱南而

寒暑　前寄我書飾其詞胎病猶還施迎其妾耳

起床就寢時刻　袁合極名然

一九一八年

君子之學務求在己而已（朱近齋）

一月三日（丁巳十一月二十一日庚戌）　木曜日（即星期四）　民國七年 [illegible]

提要（修學）

氣候

叔贇文鍵還蜀由此觀之不甘寂寞之人安能忘情於國事　四弟得其同學電召返成都祀孫於教育如得賭紫金者財偕乃叔而西也

（治事）

滌梅谷言唐祖先師命祀其說法領取祖先遺像人游男客死唐者綱

外

軍幕振作衍鄉而唐綱因事被累廣州祖志一子年少而樸不得全則不能還蜀鄉錫侯來言陳梅谷任左右此事於滌之

溫度

午後偕伯琅中央至河南語中山　中山以事未見

昨日就寢

昨夜失眠疲極腦漲故早寢

口談

蕭質佐來談　茗屏十月廿八日宣廣告其兄自三師旅已由潘克說交付清楚　此事如此結束轉畀貴矣又以報函青楊茲頗作埃期有楊甲中欲得所有之場枝

（通信）

得田兒及四弟書

得叔贇觀家及雅仙書

滌陳梅谷　得肅永佛書

水瘦石生尚山寒梅未花（孫偕）

博學而篤志切問而近思（論語）

一月四日（丁巳十一月二十二日辛亥）金曜日（即星期五） 民國七年學校日記

提（修） 要（學）	氣候	姓	溫度
始寫字			

（治 事）

（通 信）

昨夜四時夢中聞鎗聲披衣起呼元白共聽寂然街市行人如故（廣州長堤夜行人不絕）以為夢也既復寢解衣而大礮聲遠作東堤沙艇紛紛西駛滿江熒然遂登屋頂測礮所從來數千響無應者而亦無退擊仍入寢早七時半礮聲又作十餘響而止傳說若下一也

午后聞為廠（浙江人欲攻觀院誤見炊烟）自海軍辦事處還具言大礮係同安豫章兩艦發射而奉軍用大元帥之令往北徵若寶然彈射觀音山督軍署参謀辦事室及民居數處督軍莫榮新張布告指為龍濟光所為 李元白尤為惶遽難以當時之急也

鋒寒照山光秋耿耿冰輕水籠暗溶溶（孔平仲）

幼年之習慣成老年之天性（英諺）

一月五日（丁巳十一月二十三日壬子）土曜日（即星期六）

民國廿七年 學校日記

提要

（修學）

（治事）

（通信）電左丞

氣候

溫度

姓

陳梅谷以電話告唐祖光恤金可以由其遺族領取並轉告鄭錫侯共分領

酒中以言左丞事不及昨日事若不願過問也而左丞事須言乃不負所託

午嵐既嘆吾亟欲行擬見午嵐謀恢復也未言路費而軍府方徑昨日之事計

亦不諧乃屬元白語意中微諷之蓋吾於粵以來幾無日不與元白徵逐於

准開妓館大賭滋郿以軍代表耗資於此非所宜也

鄭天翔黃季陸陳得尊留滇不能前進高情軍府電庫并賚給之護

照若路費付屬溫宗雄措之

愁添硯滴初含凍　喜入燈花欲鬬妍（蘇軾）

一月六日（丁巳十一月二十四日癸丑 京城下午六時三十六分小雨）

日曜日（即星期日）

民國七年學校日記

（修學提要）	寫字
（治作）	
（通信）	
紀候	游先施公司觀活動寫真不如東京之明晰也元白言中山新從火傑什遊訪吳 庶伯談至夜深扞琴亦來約明日集商照霞樓
外	
溫度	

限制自由卽保護自由　（赫胥黎）

一月七日（丁巳十一月二十五日甲寅）　月曜日（卽星期一）

民國七年
學校日記

（修學提要）寫字

（治事）

（通信）復熊克武函　十二月廿日

氣候
午後一時赴照霞樓汝爲將琴禮卿伯琅相繼至據汝爲言非斷提條件也根據往日條件而具體言之也（作是與廣伯之言又異廣伯言中山變異往日之說）可知言事之難遂先照蓮伯商虎勸中山先生率兵赴前敵乃見中山先生

外
伯琅以民國四年今日與列五汗青被捕於天津　列五汗青死矣　陽曆三月

溫度
昔當陰曆正月十九日　伯琅偉存約伯琅治酒合飲

錦帆從入南軍通電今日始達心有所感辭以不克言猶心聲不可擦也

潤冰妨鹿飲山雲阻僧歸　（張喬）

古之君子其責己也重以周　（韓愈）

一月八日（丁巳十一月二十六日乙卯）　火曜日（即星期二）

提要（修學）

（治事）

（通信）

氣候　微寒

溫度　四十七分

姓

汝為午前來言將赴香港昨日我所薦中山為中山之答稚也

我以為軍政府秘書長最重若以儲慧儒任之則兩兩俱利又語伯琅汝為

被邦偕秋蓮伯皆曰宜邀白中山先生即日宜派徐季龍有電指白源

伯未舉則待季龍之至可也

晚返寓而萬黃裳陳羣兩君來以執信書出示書云中山先生屬我楚

代理秘書長

門掩雲峯寒燈明雪竹中　（高啟）

己所不欲勿施於人（論語）

一月九日（丁巳十二月二十七日丙辰）

水曜日（即星期三）

民國七年學校日記

提要（修學）

治事

通信

得唐丹書修 上海十二月三十

得天翔游人股 十二月廿七日 屯市

氣候

收為林自香港並往晤蓮伯晤褚慧僧王儒堂

見中山游代理秘書不獲並集秘書乙丙府君議數日以之辦法晚八時

回游寓

夜得天翔游人股其中情形根中與亮之相符否出也）今人不欲

温度

姓

山近朔風吹積雪天寒落日淡孤村（蘇軾）

用知不如用好學（王夫之）

一月十日（丁巳十二月二十八日丁巳） 木曜日（即星期四）

民國七年學校日記

提要（學校）	氣候	性	溫度

（治事）

清理秘書處賬

（通信）

乘除富貴惟身健補貼光陰有夜長（陸游）

輕與人約言亦輕忘之（英諺）

一月十一日（丁巳十一月二十九日戊午）金曜日（即星期五）

民國七年學校日記

6

提要

（修學）

（治事）

清理積牘

（通信）

氣候

性

溫度

春回山澗梅乍發睡足茅齋日正高（陸游）

兄須愛其弟弟必敬其兄勿以纖毫利傷此骨肉情（方正學）

民國七年學校日記

一月十二日（丁巳十一月三十日己未）　土曜日（即星期六）

提要（修學）	氣候	溫度
	久不與叔凝通問，故所言較詳。又介紹廣西人黎漢之、川人陳篤孫源中與吾叔，述萬稚陽、鄭錫侯、尹子勤	
（治事）		
（通信）寄叔凝成		

清風欲發鴉翻樹　缺月初升犬吠雲（蘇軾）

無論如何困難不可求人哀憐（伯拉圖）

一月十三日（丁巳十二月初一日庚申）日曜日（即星期日）

民國七年學校日記

提要（修學）

田兒念其舅之窮而愬其母傷心遂怨其叔之吝是孝思也而見義未明有傷家庭祥和之氣多故函告不能解其別有緣由故

（治事）

（通信）

得田兒稟五日第一號

氣候

溫度

姓

觀影戲

寒輕市上山煙碧　日滿樓前江霧黃（杜甫）

一月十四日（丁巳十二月初二日辛酉）　月曜日（即星期一）　民國七年學校日記

提要（修學）

（治事）

（通信）發四弟

氣候

祝易次紀之太翁太夫人雙壽　以卯錢煥堂內兄去四角

將顧稜之諸人經飾帆諸友宅　蔣鏡之來池海甥炳三在情送力伕四川

康網以不護法亦無助應宜豎界局外斯言築亦太不懂　周掃帆看以洋

姪可今發憤勉之

有額人張識買（忘其名字）勸我毋主張擁戴共和黨勢力我答以黨勢判

溫度

持之諸人守中立矣而渠又不贊成謂莫如去精之別樹一共和黨人

物故以推可當此曰胡景伊我答以不能曰然則岑春蓂我答以非勢做

不到唐黃廣既攻劉而推岑則岑之說不能得共和黨之贊同也曰離間

劉之部下我答以不能出此吾川國民共和將來必攜手芮此則呈破壞矣

黨之計也其人竟不知為誰屬我故去之

不患不聰明患不篤實（凌淦安）

一月十五日（丁巳十二月初三日壬戌）火曜日（即星期二）

民國七年 學校日記

提要（學修）

氣候

李元白拔以術愿我以為吾不久覺悟久思益添迷惘事之輕者如作紹顏如愿謁中山事及元白謂紹如愿來粵係先商得我同意而事蹟之彼辯稱未嘗為先商之言真不可說也

六元帥宴姚征閣粵軍人及我吾為四川代表而使演說吾口鈍又未預備緘默而已俟此凡有宴會不能不先事而預也

溫度

晚還海珠焦易堂丁超五李漢丞開震讌皆以護法各省聯合會議組織條例之事告該條例實聯合政府也既與國會非常會議軍政府立於不相容之地尤足以啓護法各省之分裂蓋其間有亡意若我同而大震遂詰諸李丑釘其開會長張于潯答云李非為川滇黔代表相未嘗贊成此條例我頗覺懸正失眠

（治事）

（通信）

得靜安股 十二月廿七日 吳淞灘

新月娟娟夜寒江靜山銜斗起來搔首梅影横窗瘦（無名氏）

一月十六日（丁巳十二月初四日癸亥） 水曜日（即星期三）

民國七年 學校日記

提要（修學）	
（治事）	
（通信）	電唐蓂賡劉顯世劉祖武及鄧帆俊生諸人

氣候

赴河南東羣社總商會伍秩程玉堂徐固卿茶話會　五時邀偕伯琅
友于訪李協和談聯合會議事協和外出見張于潯副官長協
和已電言條例由英榮諸提出反對者頗多須會議之取否視
川滇黔覆電而決矣
為聯合會議事昨夜擬電復滇聯又來談遂至失眠二時後
始聽去今晨七時即醒而起神疲腦神經作痛用中西電療
黔及吾川諸同志
陳漢元出聯合會議條例相示尚完全聯合政府也又無救濟條
文殊以家不依軌道而行中國無寧日矣
陳吉人來　偕伯琅友于赴農林試驗場訪協和為聯合會議也

溫度

舉者須要習身在法度之中一毫不可放肆（曹月川）

一月十七日（丁巳十二月初五日甲子） 木曜日（即星期四）

民國七年 學校日記

提要（學） 修治（事） 通信

氣候 溫度

昨日電派以譯法錯誤由電局退回今日改正乃發又遲一日時之非也

寄周呈甫俊伯（上海）

得前書由張鼎丞

國會非常會議開談話會一北京政府又借日本債款壹千萬圓以中國銀行作抵押品議通電各國及日本議會沮止一促軍政府各部總長就職諸輔成應其催之仍不就職則非軍政府有礙吾亟起引借款事而闡之以為軍械借款及現在中國銀行抵借之款皆由南方護法各省非國際上無發言資格而其咎應由總長不就職者負之為國計非促其就職不可固非祇非為軍政府也議決定推足推代表五人以吾多言遂居其一

俊周呈甫擬向濟川源匯行假銀千圓因及川事

松皮石裂號饑鼠 窗隙塵消觸凍蠅（張甫）

一月十八日（丁巳十二月初六日乙丑）　金曜日（即星期五）

民國七年學校日記部

提要（修學）

氣候

大元帥安滇軍之將征閩者屬閩力言護軍之不可無政府苟無政府則不允
叛徒土匪之滅李協和方韻松皆嚴云惟中山先生之命是聽
以與熊易堂別昔岑陳家鼎謝護國未的之故然未與見伍廷芳程璧光
夜易堂謝人赴軍府言接洽伍程情形
石星川電告荊襄之急

溫度

靜安自指津縣老鴉灘專使攜帶來函徵居敘州將劉覺劉存厚亂兵之陰逝
力主攻滅劉積之說前之一見推劉積共知逆賭否足處矣於王湘吳宗
誌以有數詞
陳吉人未告困不能卻遂假鐵城為我轉貸於人

治事

通信

得靜安書　昨夕擬[illegible]稿
致吳鐵城

殘霞樓臺山向背夕陽城郭水西東（高士談）

敦厚溫恭栈道之器（劉念臺）

提要（修學　治事　通信）

得田兒書十一日第二号

氣候

早赴軍府檢協和安任狀遂赴焦易堂諸代表之約十一時待至午後一時諸人不遂見伍秩庸先生專論聯合會議與伍先生辯駁極烈不能稍讓於是伍先生自言非設法使合兩政府之術實則欲不就職必使聯合會議軍政府融而爲一也乃退適見張溶林　溶林允就軍政府陸軍總長之職

溫度

伯琅語我以吳山所言先白之謬殆近下流

不孝碌碌人事前日十七日吾　父先卿府君忌日也而竟忘之今夜田兒稟道及上海吾婦率兒女展祭始悚然吾真天地間罪人無父無母誰也將何以示子孫吾　父有知必不瞑矣　田兒以陰曆十一月廿九日祭誤也

田兒寄其婦俶娘已歿抱影其小產耶一雛殤實主因也

庭皆見野陰山明望俠偉（顏延年）

一月十九日（丁巳十二月初七日丙寅）　土曜日（即星期六）

民國七年　學校日記

一月二十日（丁巳十二月初八日丁卯）日曜日（即星期日）

困而不學民斯為下矣（論語）

提要（學問）

（時事）

（通信）

氣候

約十時與四代表集會於大元帥府商議張開儒就職事午後偕
訪協和夜飲酒又赴袁合極之召
春岳屬我承擬與袁合極假款辦之

姓

溫度

今朝佛粥更相餽便覺江村節物新（蘇軾）

宜未雨而綢繆 毋臨渴而掘井（朱用純）

提要（修學）

（治水）

氣候 終日陰陰，早赴府略治散事，遂往昭滇氏待焦易堂諸人不至，遂赴省議會再赴府，酒後還寓与叔華弈。

（通信） 示四兒 得錦帆電

錦帆十五日來電，推李協和為四川軍事代表，得諧軍首領同意者也。

昨作書復陳家鼎，論護國派等已見催狀偏枯處。

溫度

一月二十一日（丁巳十二月初九日）月曜日（禮拜一） 民國七年

擬雲分臘酒 踏雪泛寒蘿（謝康苦）

一月二十二日（丁巳十二月初十日己巳）火曜日（即星期二）

民國七年學校日記

提（修　治　通）

要（學　準　信）

氣候

与中山商聯合海陸宣言事遠極〻往日欲見孫氏而不得也

性

溫度

少年努力爲聖賢繼得中人（黃石齋）

一月二十三日（丁巳十二月十一日庚午）水曜日（即星期三）

民國七年學校日記

提要（修學）（治事）（通信）

氣候

與中山計告張氏逆偕訪協和得其具體辦法張氏別去

溫度

研露題詩潔消冰煮茗香（姚合）

一月二十四日（丁巳十二月十二日辛未）　木曜日（即星期四）

提（修）要（學）

（事）治

（信）通　得張左丞書　十二月小靖

氣候　張師濟伯樊炳堃洪子晨自上海至吾猶睡也門者啟吾室戶乃起迎就足披

衣不散出矣

姓

郁吉人亦俯至語我日將赴南雄聞吾官分心於上海家計不能專於國事

特送粤幣千元假我而不計息百索得此而除義甚高感之至也書存

付之邀樊鄉存證人用是大喜以告佳運師友至而慶運通矣

溫度　借漢民照協和漢民不往獨行訪之乃辭不見以副官長張子璠出而見我所

討議者大半無出矣午後一時始進食

午後得左丞書於是午嵐兵敗被囚之說確矣而春君已行遣人追之返

·反夜乃責春吾

與張開儒接洽就職事

不輕小事而後能成大事　（拿破崙箴一）

一月二十五日（丁巳十二月十三日壬申）　金曜日（即星期五）

修學提要

治事

通信　示田兒

氣候　午前偕殷師長譚午後再往遊返待某君四時赴元帥府仲愷為
滄伯洗塵約飲南園酒家
夜与滄伯商議擬電陵生青楊諸人
姓
以假鄉吉人欺事告田兒所以儆也　前向吳鈍、城假款百元待至今
日竟不能得向人告貸之難如此假鄉吉人甚可厭也

溫度　陳吉人數々言假款於我業三十五圓矣而尤日需數錢其情亦
窘極然為如我之窘有過於渠者且因渠而受白眼於鈍
城此亦依人之浮世交友真難矣
吾平生求義利內之辨自勉乃今竟利之念甚何耶一進退不
可卒隔於物欲君子慎始念也嗟夫不可滿也毋忘毋忘

尋碑野寺雲生屨送客溪橋雪滿衣　（陸游）

行己有恥動靜有法（班昭）

一月二十六日（丁巳十二月十四日癸酉）土曜日（即星期六）

民國七年學校日記

提要（修學）

氣候

朝待陳與可午後介紹什愷此吾大紀念日也

午後爲傅嶽和顏如愚籌路費此亦痛苦事也

性

溫度

治（事）

通（信）

示也兒

發叔寶祝家

南溪得雪眞無價走馬來看及未消（蘇軾）

省察是有事時存養是無事時省察　（康　德）

一月二十七日（丁巳十二月十五日甲戌）　日曜日（即星期日）　民國七年學校日記

提要（修學）

氣候　午後忽傳馮國璋離北京 廿六日午後 赴天津

（治事）

田兒始言上海之窮而不受者萍師百金之貸志氣可取而處不得當尤非所以待尊長也　四弟書言地方苦兵苦匪所幸先母無恙　士俊以裕商余公生平折本欲退股田兒以為過是也

滄伯飯師伯琨樊鄉儕協中山議川事於是滄伯還川決矣飲南園

溫度　酒家

匯五百金寄上海鄒吉人雪裏而餽我以炭異乎常人之情可感也

觀劇

（通信）

得田兒稟 廿六日第三號 又得一片 同日第四號 內附四弟書 亦十一月十七日發 及士俊寄四弟牋

轉當一樣看前月纔有悔非便不同　（朱　杜）

君子有三惜此生不學可惜此日閒過可惜此身一敗可惜（夏正夫）

一月二十八日（丁巳十二月十六日乙亥） 月曜日（西曆第一） 民國七年學校日記

提要（修學）

（治事）

紙候 夜謁飯師處

將介紹飯師諮伯兆須黟同志

溫度

姓

（通信）

示田老五女

得古應陵全十二月七日電函

鳥語春通信蜂喧日釀和（錢時）

善學者如闖市求前得一步緊一步（呂新吾）

一月二十九日（丁巳十二月十七日丙子）火曜日（即星期二）

提要（修學）

氣候

是日無所不用其極未寫字讀書又未治事

（治事）

（通信）

外

温度

憑高游目快遐瞻落日孤雲與水涵（張宛丘）

民國七年學校日記

一月三十日（丁巳十二月十八日丁丑） 水曜日（即星期三）

提要（修學）

（行事）

（通信）

氣候

午前待仲愷仲愷至而所約又不至午後乃了逆訪崔文藻於前張園館詢無之說不確

伯琰未告陳吉人事博盡負其所得金解衣而質以存孤注一擲慘矣天香街匯訪樂旅館不得吉人深恐以自戕其身出我意外也

我輩以誠之甚前告我松年鄭格非字乃信讒而色變若何耶

雜

溫度

一月三十一日（丁巳十二月十九日戊寅） 木曜日（即星期四）

民國七年 學校日記

學然後知 知然後行（康德）

提要（修學） （治事） （通信）

氣候

謂中山辭職其近日對於粵局如何於是知外間所傳皆謊也木必先腐而後蟲生此語若能察出不至自擾也

國會非常會議開談話會商議召集正式國會事宜議定四月八日為開會

性 明

會畢與甘肅議員周文山談甘肅一月八日革命軍失敗事純乎犧牲精神以為國家令人神往

溫度

岑西林電云馮國璋南下所以決策用武力抗護法諸軍望西南息內訌云

橋影流虹湖光映雪（朱彝尊）

天下之理非見之極明勿遽下斷語（笛卡兒）

二月一日（丁巳十二月二十日己卯）　金曜日（即星期五）　民國七年學校日記

提要（修學）

氣候

梁醉生召飲南園赴之　叔賓親家抵粵當晚自南園伯根告我從赴

滄伯旅次訪之不遇　偕樊卿還海珠而叔賓又未來　樊卿辭去遇於

途乃相携至吾寓喜之至也　無何　敏師滄伯及洪子襄蕊來譚

至深夜

晴

（治事）

偕焦易堂陳家鼎詠謨因代表國會同人勸唐少川就軍政府財政總

長職

溫度

匯三百金寄田兒欲以償　香草師也先是陳吉人來客廣州隨行今

展轉得之於某處吉人忽道及　香師有不滿於我之稱貸以話而

疑其稱貸而不償也聞之悚然

（通信）得仲執及仲言姊書

叔賓親家告我當上海家人窘將由香草師言於溫欽甫先生貸百金

淵水流年月山實疑古今（崔曙）

不求名聲不較勝負不悻才智不矜功能（陸象山）

二月二日（丁巳十二月二十一日庚辰）土曜日（即星期六）

提要（修學）

（治事）陳家鼎來談軍政府事　赴軍府始知諸伯決於明日行　伍秩庸唐少川程玉堂三先生約會海珠議軍政府改組以謀和軍政府聯合會議之衛冥說論中伍秩老忽謂時當戒嚴用兵外交危急勿過於爭執此本全體推出於伍秩老又發於今日財挾持之說也　繼而關之璫瑚楊永泰則為諸任政務總裁者同時可任聯合會議之總代表言尤荒謬不禁忍揩作之處今之世非所宜也危行言遜之戒可不慎乎　伯琅合欲　游仙至由船未返遲一日得吾兒吾女吾兒婦書皆以吾初度致其子孫祝嘏之誠樂而念之而吾　毋恩不肖　吏不知如何答也

（通信）示田兒　得田兒夫婦及大女三女　五女家　得左丞兩牋

氣候　姓

溫度　煖

民國七年學校日記

林花得氣先作放山鳥窺人渤曉行（[illegible]）

學識一分不到便有一分遮障（呂新吾）

二月三日（丁巳十二月二十二日辛巳） 日曜日（即星期日）

提要（修學） （治事） （通信）

氣候 雨

溫度 煖

晨間六時起披衣赴九廣火車站待至天明車已行矣而般師滄伯樊卿未至詣其廬始知改行期將以午後乘舟赴香港遂約般師諧人叔實叔姬吳仪秋元沖飲酒

行年四十又二周矣髮脫齒已童然鬢須有白者亦數而無所成就汨沒於人事行日益墮自念皇然愧也 老母居鄉又值兵燹今日之思小子必非尋常所能喻也

國會同人請廣東省議會議員開聯親會 晚陳梅谷召飲

斷橋煙雨梅花瘦絕澗風霜槲葉深（陸游）

上有百行（許允妻阮氏）

提要（修養）　治事　通信

氣候

為軍府改組事談話於省議會非公式也廣東交涉員羅誠報告外國將承認西南為交戰團消息而伍秩庸老博士引而任之因促改組之速成則羅誠之來報告精衛也惡伍老不誠起而詰之詞屬矢又要姓其買益伍光照蔣從與唐少川程玉堂相牽引去於是討論改組織取捨過之數過於吾人

溫度

二月四日（丁巳十二月二十三日壬午 京城下午十時三十九分立春）月曜日（即星期一）　民國七年學校日課

梅萼破香知臘盡柳梢含綠認春歸（蔣堂）

二月五日（丁巳十二月二十四日癸未）火曜日（即星期二）

學問如植物其根苦其味甘（英諺）

提要（修學）

治（事）

通（信）

氣候

溫度

姓

爲中山言上海及閩事叔實所謀

仲愷擧審判廳欵項清單賬我與可可叔也謀促與可還廣州

日月匆匆雙轉轂古今杳杳一飛鴻（陸游）

不能服從規則不能自由（加來爾）

提要（修學）

氣候　雨

溫度

檢靜安電總司令非靜安非是與伯琅急電詢之

中山先生命元白還川調查所以遠也元白返報情吾主張任乃翁以

招討使或他名義以待霞電至再議謝之

張開儒就陸軍總長職賀之

（治事）

（通信）復滄伯成香港

二月六日（丁巳十二月二十五日甲申）

水曜日（即星期三）

民國七年學校日記

紅焙淺甌新火活龍團小碾鬭晴窗（蘇軾）

二月七日（丁巳十二月二十六日乙酉）　木曜日（卽星期四）

民國七年學校日記

提要（修學）

（治事）

（通信）

氣候

朝訪陳賀怒不遇逕館而賀怒來邀設詞謝之

稚慈先生來函平政府設組實吾足吾既未之讓也　傅友于以寓未白欲文約山

正月須貼費百金誕范汪而俛我答名許之

食

叔寶親家訖尚頭臨行道家常賴中於行也不及送之

中山午后一時宴國會議員廣東省議會議員及他客於廣東省議會說五

溫度

權憲法立法行政司法考試彈劾是也和之者希

尋陳與可不得旋與可偕智若來勸其照常時治療治事

吾妻今年四十又三周歲矣遠離親戚客上海而我又在粵雖有兒

女侍前今日之歡祝必不樂也念之

欲速成之病始於識見之小（王夫之）

二月八日（丁巳十二月二十七日丙戌）金曜日（即星期五）

民國七年學校日記

提要（修學）

（治事）

（通信）復滄伯

氣候 陰

温度

往勸與可反復陳說其意不動乃縱之使熟思而後答夜與可來覺悍然不顧吾勸法作此以長奸以其足以縛束善良而不善者反藉之以自固也軍府為威信計固無如何然愈益信義利之不可不嚴矣

午後正式談話會議軍府改組事爭論頗烈自身任議員以來對於此案為發言之始而今日所言獨多心之所入不覺言之條理而長也主張辦法已占勝著矣李因田桐提出表決方法自設全軍於是慄然用兵者之覆敗非敵敗之皆自敗也

勁風吹草驟渴鳥啄冰開（劉得仁）

二月九日（丁巳十二月二十八日丁亥） 土曜日（即星期六）

民國七年學校日記

提修（治事）

要學（……）

通信 示田兒
致漢聲伯常聖祥

氣候

因朱廷煒事與郁元沖抵牾元沖負意氣而教以器狹也

張開儒召飲赴之

溫度

余

游仙將還蜀特致漢聲伯常聖祥為游仙謀也

凡人立身斷不可做自了漢（唐翼修）

二月十日（丁巳十二月二十九日戊子）星期日（即星期日）

民國七年學校日記

提要（修學）

（治事）

（通信）

氣候 滌仙還上海

早起 昨日中山先生以馮國璋託外國公使調停國内戰爭，囑函知議員今日到元帥

十一時寢 府籌議應付之策，余赴秘書處無人，遂代寫一函，不圖竟以此函修詞失

起牀 體，吳應伯電阻議員勿到會，且其中外交委員報告又誤為交涉員

羅誠报告一函，而鑄三錯，致陷大元帥失其尊嚴。滌、吳山請代

温度 陳中山先生致歉忱也。元白得其父靜安先生電，五日叙府静安游

日内收兵三萬人，編第二軍總司令，囑商於我與伯琅請軍政府加

委，吾以函告之，誤不使見中山，要以部元帥秘的事，恐派不使我與

聞。當一般軍府中人之處置外，中山既以明川事當仗我負責，而元帥乃把持之，深有職責所應盡之處得

徐國卿以除歲名飲於之還，借市肆不似吾川度歲之景象也。粵人度舊曆

柴門聞犬吠風雪夜歸人（劉長卿）

二月十一日（戊午正月初一日己丑）（春節）　月曜日（即星期一）

民國七年學校日記

提要（修學）默禱禱語　（治事）　（通信）寄四弟書　陳華封電來六日叙州

氣候　晨起不聞鐘聲檢之止其運矣兩針皆止於十二十二乃子之正也以數言之
其冥冥者戒吾從始之意轉之則竟毀不先不後適符履元旦子正
而有是也不謹始者則毀也必矣可不惕歟

姓
黎明起仍道復卧元白遂邀吾桶追吾為乃翁言官天下之祇知有己
而不知尊重他人之意志境遇若此此然也元白莫青馬

溫度　詳群家事以收四弟并勉以思慕和平文謀於先人墓刊碑謹始也
吾鄉亦循俗度舊歷歲　老母思念兒婦子孫之盛必倍往年往年吾父子
兩人未歸耳今則吾婦吾女皆不在老人側也吾婦吾女今日亦必爾
慨吾常既離家庭又不得與我相聚　夜觀劇夜觀活動寫真
得陳峻（字華封前六任左翼軍第一梯團長）叙州電未道及靜安第二軍總司令也

民主國之元氣在道德（孟德斯鳩）　北京宣布共和南北統一紀念日

二月十二日（戊午正月初二日庚寅）　火曜日（即星期二）

民國七年　學校日課

提要（修學）

（治事）

（通信）

得田兒禀四日第六

得士俊弟食十一月三十日宮順　四幼女

壻書四日上海

得張左丞書

氣候　得田兒及四幼女壻書上海家人陳吾影而拜計吾生日必有非常之感內

樹士俊妹壻書稱吾母康健邀昔吾家未被劫也

南北統一紀念日赴議會拜國旂如禮遂出東郊游寶漢茶寮醴泉別經

外　廣州城東稍北出小北門半里許曰下塘村路有茶肆一曰寶漢茶寮前清

同治癸酉方伯某所闢也主人李氏極地得南漢馬氏地券其後又收得

溫度　煖　唐咸通五年孫夫人墓碑故游者集而思古竹籬野屋蕉窗西圃座

俗之氣滌然以清是日也得觀地券片石飲酒至醉醪香蔬味別有

夜明　就寢　一　從趣題名壁上不知樂之極同飲者八人林森子超閩侯陳藝伯蘭建甌諸元

情氏龍巖袁章淦少偉光澤陸昌煊次生平湖吳景濂蓮伯興城盧仲琳伯琛三台及敘地

得左丞踐席批

樹聲明窗紙擬梅落硯池（薛師石）

（提要）修學

氣候

黃公度自滇來函，恢復寧遠有緒，不復赴粵矣

但植之將之香山任，餞其行

（治事）

（通信）

得公度函

得叔實恩如函

姓

自九日代議士廣州國會籌錯以來，今日始見中山邀議員廿餘人討論軍組

府改組。中山先生謂研究改組之利害，害多而利少，個人進退尚待熟思。然

觀其語氣，決之與陸榮廷華共圖國事也。我以國會問題籌備尚未

溫度

著手，實粵之當局別懷有在，惟伍秩庸博士先就外交總長職，庶國

炔

會如期而集，而改組之議未實行以前之歲月亦不至坐失之也，眾皆曰

然

午後二時地震二次，歷時三十分許又震，晚八時又震

一粥一飯當思來處不易（朱用純）

二月十四日（戊午正月初四日壬辰） 木曜日（即星期四） 民國七年學校日記

提（修　　　　治）　　　　通）衍叢慶遺 文曰 得丁厚堂 東日叔府

要（學　　　　事）　　　　（信）發戴季陶

候（氣）見伍光博士他其就職讓乃謂衆人誤之而不列軍府聯合會議也於是以委曲

語其子梯雲　昨日約訂府集時刻重言申明今日衆之不如約也依然一

性　言蔽之中國人無振作之氣已無日矣　与數人飯於右園

謁中山先生上海孫伯蘭張百麟之言會事猶兩函皆送交季陶秘書長

訪王乃昌不遇遂偕伯琨飲茶先施公司觀奇人

溫度　發季陶吉川事

冰塘耀初旭風竹飄餘波（白居易）

二月十五日（戊午正月初五日癸巳）　金曜日（即星期五）　民國七年學校日記

提要（修學）

（治事）

氣候

叔賓事非據中山言竟存無函電用詢之

南山函來廣州故與伯琅電之

殃寔字擬一月矣大謬也　殷左丞其除夕之窘急可想

與伯琅治酒召同鄉數人以飲　夜與吳山縱談往事

溫度

（通信）

電叔賓　謝南山

殷左丞　春吾　公度

天氣澄和風物閑美相與約二三鄰曲同游斜川（陶潛）

谢持日記

思患預防所以免禍（明仁孝文皇后）

二月十六日（戊午正月初六日甲午）　土曜日（即星期六）

民國七年　學校日記

提要（修學）

（治事）

（通信）

氣候

今岐叔實諮伯樊卿飯師

示田兒

元白合飲

食

溫度

雪消山氷見精神滿眼東風送早春（俗謠）

二月十七日（戊午正月初七日乙未）日曜日（即星期日）

民國七年學校日記

提要（修學）（治事）（通信）

氣候 姓

溫度

游白雲山中山夫婦及同志數十人半乘馬者有坐車者至息鞭
亭棄車余与李簡鐵城數人徒步登絕頂頂有礮台列小礮
二尊度其力不能以及山麓吾國真兒戲也循東麓而上麓
有寺曰安期仙院臨源泉地曰蒲澗坑由此而上空氣清芬塵
氛遠絕惟童山而纍纍者皆荒塚也山半有白雲寺頹廢寺有
泉極其稱文則泉出於唐初曰九龍泉前清粵省大吏必
祈禱於此升上則山顛矣兵環守焉因与中山偕遊入礮台周
視地實險要也久不行路而膝痛矣遂復赴伯琅偕人花地
之約夜應張君本淡之召飲酒

大利所存必有兩益損人利己非也損己利人亦非也（斯密亞丹）

二月十八日（戊午正月初八日丙申）　月曜日（即星期一）

提要（學修）（治事）（通信）

氣候　晴

譚佩綺丁享堂陳華封邀麗吳崖伯褚慧僧之台來畫舫游花地晚寵[illegible]二園[illegible]遊參觀孤兒養育院規模可觀成績品亦不惡有若特之過從者不使妾細察其內容也飲酒弄花舫菜頗適口同人購花炮燃放以為娛樂

溫度

懿生以廣西人某某欲得陳其楷而甘心特告我以故并謂宜使其楷去位夜訪其楷不遇移從祖先石塢尊孟醫院邀犁懿生語告其楷

元白遂可晨起送之登舟

畫閣條風初變柳銀塘曲水半含苔（武平一）

學者萬病只一箇靜字治得（呂新吾）

二月十九日（戊午正月初九日丁酉 京城下午六時三十九分雨水）火曜日（即星期二）

民國七年 學校日記

提要（修學）

（治事）

（通信）得田兒書（初七所發日）
得閻星甫函

氣候

午前赴軍府會議審判廳事決定先將廣州高等兩廳完全接收再
議設大理院

姓

又辦廣陳其權毋徒仰制自誤前程察其意仍悍然不動遂告之曰
汝宜反覆於利害之大者如納吾言則以後語我不然再與汝見
也 此事孰信所持論頗得大體惟我當此真無以自容天下利之

溫度

所在即有根訴伏於其間經驗雖諳精神則痛苦矣
歐陽榮之召飲南園赴之 觀活動寫真
購民國財政史 閻星甫以滬川源銀行無錢謝我
田兒以廿後言當順戰事情形殊寄閱食層十二月一日滇軍入城秩序
備刻印定吾 母居二妹鄭氏家諸視無恙使人喜之無既也

悲想寒生低暫雨絲絲存漲小橋波（呂應華）

教育者特使兒童自修自治之人非使兒童修於治於人之人（斯賓塞）

二月二十日（戊午正月初十日戊戌） 水曜日（即星期三） 民國七年學校日記

提要（修學）

（治事）

（通信） 得元白、臧書號

示田兒、電俊生諸人

氣候 擬長雨，昨夜微雨，今日晴止

寄俊生、銀鄉、青楊、鹿工、寫交平府柏蕤

示田兒勉以毋驕惰，而女非擇學校殊不易也

姓

廖冊書以嫌疑被繫，而託我白其婦之困，若於中山，中山予金二百元，為

匯寄上海，命結娩送致其家

夜驅小艇游東湖，觀燈火，終不似新年氣象也

溫度

俊生諸人舉我為四川全省代表赴聯合會議，而錦帆獨無名，則往者

錦帆發叔電曰舉李烈鈞為代表者必詐也，故電俊生諸人

詳述聯合會議之經過，并以錦帆發電告之

渡頭輕雨灑寒梅雲際溶溶雪水來（劉禹錫）

二月二十一日（戊午正月十一日己亥）木曜日（即星期四）

民國七年 學校日記

提要（修學）（治事）（通信）

氣候

傅春吾勝來已安抵瓊垣唐莫濟俠客等七軍以鄒文欽代行軍長事文欽以存吾為秘書長以恩為總參謀

游六榕寺寺在省城西北偏蕭梁時古寺也有高塔曰光塔六祖慧能銅像存焉宋所鑄銅古而工細然毀為舊器李某保存寺僧鐵禪移而供奉寺中有玉佛三則馮某偕列省僧三人購玉而刻諸緬甸者

姓

溫度

鐵禪得自有龍氏國初又供奉於寺特闢地樹榕并植梅竹以蘇懷古之幽情也六榕二字東坡謫粵時所題鐵禪与氏黨直是氣而滅名字畫王子諸山水一幅並君光墨跡數紙其尤至者鐵禪能又鬻作者為書是日也潮人蕭公過召飲

自私之人不獨害人終至害己以其爲擧所不容也（林肯）

二月二十二日（戊午正月十二日庚子）

金曜日（即星期五）

民國七年學校日記

提要（修學）

治（事）

通（信）

得田兄京示八

氣候

徐孝剛鍾體道十七日通電西南各省一致護法并推錦帆爲川軍主帥電録

姆將南各軍推定督軍請軍府委任

晴

溫度

見中山決定赴上海也

春風澌疏雲漠漠竹扉斜掩雨紛紛（蘇軾）

二月二十三日（戊午正月十三日辛丑）土曜日（即星期六）

提（修）要（學）

（事治）

通（信）
得靜安司令皈 一月廿四日 敘州

氣候

溫度

日

赴臺灣銀行觀其營業狀況步沙面

靜安夜告其從敘府與劉禹九旅長之接洽情形及義軍攻敘州禹九率師退去其與禹九接洽之事不審有無變更也

今夜長安霜雪少試燈風裏見唐花（王士禎）

不可不抱肅生之悲不可不知有生之樂（高濯甫）

二月二十四日（戊午正月十四日壬寅）日曜日（即星期日）

提要（修學 治事 通信）

通信：啟靜安 寄石州

氣候：得劭山電 酉秀黔彭四縣公推為靖國軍總司令 比以賀電屬伯垠為之

早偕伯垠謁中山 告以還滬行期 行後伯垠可商川事也

溫度

九陌連燈影千門遍月華（郭祥正）

民國七年學校日記

聖人不治已病治未病（素問）

二月二十五日（戊午正月十五日癸卯）　月曜日（即星期一）　民國七年學校日記

提要　修學　治事　通信

氣候　溫度

晨六時偕許協揆乘船赴香港伯琅鏡台送我舟中路經虎門真要塞也抵港午後四時高公敘移具來同室寢臥夜游先施樂園偕梁醉生李元白二人各挾一妓以游

誰家見月能閒坐何處聞燈不看來（崔液）

勿謂今日不學有來日勿謂今年不學有來年（朱　熹）

二月二十六日（戊午正月十六日甲辰）　火曜日　（即星期二）

民國七年　學校日記

提要（學）

（軍　治）

（信　通）

氣候　館人來，明旺戍登舟，舟楼六数洪成，十一時乃啟碇，出口[illegible]

午後晚大吐

舟中見循環報，洪孝芳、仁伯、常竹軒與榆華偕，已於二月廿日率師入成都矣

註　昨日電到軍府，劉存厚、張瀾逃成都，挾序未奈也

溫度

臘醅熟久樽初割園韭香新餼可登（止　菴）

節省時日即長生之術（英諺）

二月二十七日（戊午正月十七日乙巳）　水曜日（即星期三）

民國七年學校日記

提要（修學）

（治事）

（通信）

氣候

姓

溫度

晨甚合舟次厦門可以函電勉起擬稿二一賀洪摩謝衔一促錫卿提
倡推護軍府別作一函、伯琅
午後二時舟抵厦門暈未解勉偕鄰人兵崑登鼓浪嶼絕高處
海風細〻病勢亦略減投函日本郵局小飲烹調不善而值則異常
約昂三倍大抵語言不通閩俗欺遠客也
六時舟行遂復臥

孤立之人不能自存（亞里士多得）

二月二十八日（戊午正月十八日丙午）　木曜日（即星期四）

民國七年學校日記

提要（修學）

（治事）

（通信）

氣候　上海風雨

溫度

卧終日不能起，食粥二次

昨日醉連今日醉試燈風接落燈風（唐寅）

人之天分有不同論學則不必論天分（王心齋）

三月一日（戊午正月十九日丁未）金曜日（即星期五）

民國七年學生日記

提要（修學）（涵非）（通信）

氣候　臥如昨但多啜粥而已

風

溫度

湖添水色消殘雪江送潮頭湧漫波（元稹）

人之為學猶渴而飲河海也大飲則大盈小飲則小盈（林　意）

三月二日（戊午正月二十日戊申）土曜日（即星期六）

民國七年學校日記

提要（修學）（治事）（通信）

氣候

溫度

午後二時船泊浦東改乘小艇登岸入門果得家人意外之喜不虞吾之鄉返也田兒已入學校大女訪友亦不在家所謂其樂不公如何者吾家有焉丹書眼鏡未到遂搜集七十九元源伯家將交非是源伯物吾歸也偕獎卿來出粵中電報軍府有日昔已電委漢群成都衛戍總司令暫行代理督軍而上海為錦帆之代表拾玉章及獻文也代表所謂入湘鄉者為但怒剛誠非奇譚向師將偕春由南京來夜赴源伯家亦省楊老伯并臨向師

傍晚赴東亞旅館訪玉章不遇飲濃不寐

吳淞口外驗病聞滬地有疫故嚴驗也在中國亦是希也

十日春寒不出門不知江柳已搖村（蘇　軾）

自由國何以文明求備於國家所限制法律所臨者而後有眞自由（伯倫知）

三月三日（戊午正月二十一日己酉）日曜日（即星期日）

民國七年學校日記

提要（學校）	治事	通信

氣候 雨

早起偕田兒往謁香草師，二舍佩丰遂長譚，午後二时始返。

玉章淚傳獻文及毅卿來，貴一未不遇。

程玉階廿六日既料在廣州為濁同馬昨日所發始落，今見新聞紙詳當時被害情狀，此人病綱自惊惋久之。然吾疑殺非他人，或者死於爭權位者耳。

香草師頗丁寧中山成備不可然也。

溫度

池邊冰刃暖初落山上雲稜寒未消（韋莊）

學以立名　問則廣智　（孟子語）

三月四日（戊午正月二十二日庚戌）　月曜日（即星期一）

提綱（修學）

治事

通信

致伯循、吳山及中山大帥

擬五章說略一，獻文皆非近大略及川事，而五章獻文皆無補切。擬此文寓以其代表也，頗倘於然。

氣候　雨

溫度

香草師台飯，僧叔寬地之飯，次飲者至，使酒詆中山之徵擊與皆潛而推許其至今無一錢。

過丁元背七日間樂堂歌舞獻慈顏（翰照大全）

民國七年學校日記

德莫高於博愛人（賈誼）

三月五日（戊午正月二十三日辛亥）　火曜日（星期二）

提要（修學）

（治事）

（通信）

氣候 雨

溫度

日疲於酬應矣

託仲執妹婿仲言姪赴徐家匯謝[illegible]啟明女學校

侵陵雪色還萱草漏洩春光有柳條（杜甫）

眞正之大人物常失其情感以身獻諸世相明則待千秋之後——（羅閏夫人）

三月六日（戊午正月二十四日壬子 京城下午五時七分日沒）水曜日（卽星期三）

民國七年
學校日記

提要（修學）

（治事）

（通信）

氣候 雨

溫度

訪漢傳張臣子明小姐而哀黃鈞三人則以推靜安与我為省長財政事
詳告諸我〻何敢承
帝煌泌子氏上海蕭鳳錦帆之台將与伯中皆居川也午後赴國會
議員談話處訪帝煌泌子亂論川事而仍次非与錦帆解釋
小娘帝泌頌卿自作詩來十一時寢寫
介弟次女特与田兒婦范氏入啓明學校以其離家庭之故也銑擬事
丁寧誡之介弟不忍別請明日行吾愛吾女恐强之有不快也許
之吾愛兒女如此益念吾父母當年愛不肖之篤

一聲喚醒三湘睡片刻驚翻萬族心——（華應昌）

三月七日(戊午正月二十五日癸丑) 木曜日(即星期四)

提要(修學)

治事

通信
得四弟書 二月十六日 舊正月六日
得勃山書
殷伯琅吳山

氣候 陰雨

溫度

四弟致頌有懲語吾責其不儉用并於計算拙也 老母能往來城鄉且步行康健如此子孫之福也 次女行將兒婦范氏送入學校

寓山殷告總司令事并示檄文 李吉波游移不專一事反勒兵壽山縣強索軍餉直盜賊行為矣

適一謀還川不足於費以盤米八百金假之

殷伯琅吳山告以屯川及玉章南游 邠臣小姪子明合飲一品香赴之

玉章將赴粵啟其所懷蓋欲調和軍府與聯合會議也欲中山扶持錦帆也非是盡舉所知告之而歸獄錦帆又闢其中華革命黨及某派之說吾言直質而洞鈍不識務者如何還家叔實睨家頌咎吾言之過直也

讀書愈多愈覺己之無識（德智）

三月八日（戊午正月二十六日甲寅）金曜日（即星期五）

民國七年學校日記

提要（修學）	氣候	溫度
酬應而外無事事也	雨	無

（治事）

（通信）

自問不信忘機久 見我猶穿岸柳飛（程顥）

三月九日（戊午正月二十七日乙卯） 土曜日（即星期六）

提要（修學）

（治事）

（通信）

氣候 吾婦舍三女而三女家婦亦舍家性情之所鍾也遂屬仲玄於接三女歸

婦未校田兒歸家亦早悉悉孫慕於而識之

雨

溫度 二

扶持氣質全是學問（呂新吾）

三月十日（戊午正月二十八日丙辰） 日曜日（即星期日）

提要（修學）

治事

通信

氣候 雨

溫度

得見倩照文備道其家之陷非免疑而出我之維護之也一行不慎既見棄於鄉井後日夕憂懼其不得令終而家人之不能保如此可以警矣

晴色已同春氣候晚風搖綠有來本（尤延之）

民國七年學校日記

順吾意而言者小人也急遠之（申涵光）

三月十一日（戊午正月二十九日丁巳）　月曜日（即星期一）

民國七年學校日記

提要（修學）	氣候	姓	溫度

（治事）

（通信）

午前謁香華師，訪沼欽甫

午後適一來訪，談仍未盡，偕訪四川議員

劉明吾（名熾昌，卅三歲）暢飲而略及川滇黔聯合之計畫

細雨短涉寒似臘淡烟新柳暝如秋（楊[illegible]非）

慎於言者不譁慎於行者不伐（韓詩外傳）

提要（修學）	
（治事）	
（通信）	得伯琨吳山左丞函（三月五日寄內 三月廿八寄） 得杞生孫桄諸人函 覆倩憑
氣候	四句游日本送之登卅十時展輪山城丸輪船雖小而客位特別三等可住 四句當不若卅日也
姓	偕叔賓觀徵步黃浦灘岸遂赴觀楓之召飲酒二三處訪友僅偶逍
午后	其相陳勘宣周滄游具相欲去蜀以一旅之衆扶秦滄游將偕
陰	滄伯入蜀　訪可亭
溫度	電中山請再助滄伯萬元滿敏日滄伯為成言而重電中山欲自發電
晚九時	元也　暖倩憑大係之勸其舉家避仇
四十六	晚滄伯召飲席家始寄電　左丞言鄧文欽頗得合滇人之意
	偕琢吾山來暖寓無列事轉重展銳電及左丞原件　銳電為洪文審
	請鎮海鄉雨林諸人所發伯紅鉅晚與吾人也

意行偶得前年路看盡梅花看竹來（王安石）

三月十二日（戊午正月三十日戊午）　火曜日（即星期二）

民國七年 學校日記部

少而不學長無能也（衙卿）

三月十三日（戊午二月初一日己未）　水曜日（即星期三）

提（修）要（學）

治事

通信　叔實得叔癡箋

氣候

姓

溫度

晤　香草師始言四勿於紫灣交代時扣應解鄉間額外二成之款若干而施其詞曰借其令文藝擬請乃叔由川台來某某二人係助理徵稅今遂以義應由香草師給費此乃同今人不快然四勿實錯誤也自此事發生於是　香草師拒絕四勿叔姪其他之請求而難於吾家之援助最後百金不得已託詞為潤飲甫先生所假吾方自東歸　師所言對於吾家援助中止者有最苦衷今乃在此四勿見理不明而叔實親家近又隨便既託親家思有以報四勿也

夜偕叔實過滄伯而飯師未出叔癡寄叔實函共閱

叔癡詳成　叔實　二月十九日發　以局間如彼也吾所推測殊全誤矣

郭集成張光斗有死於兵難詢息遂訪楓事九弟詢其究竟乃北京羅懃衍之林仲易澂都函報也

東風變梅柳萬寓生春光（唐德宗）

服從與獨立相反相成（烏阿通阿）

三月十四日（戊午二月初二日庚申） 木曜日（即星期四）

民國七年 學校日記

提（修 治 通）
要（學 非 信）

殷叔儀 鄧卿 洪厚甫
仁伯 常竹軒 蔡顏

氣候

訪李宗黃不遇遂相宅未得適於居者
晝寢頗倦夜飲酒館款賓款朱某自北京將赴福州
景翠告伯蘭傚告松井之詞

姓

通一函蜀擬介紹諸友早起作戰成局仲言煙送交通一
通一來別 荔丹來

溫度

二月二日新雨晴草芽菜甲一時生（白居易）

學者立志必要做第一等事必要做第一等人（胡清甫）

三月十五日（戊午二月初三日辛酉）金曜日（卽星期五）

民國七年學校日記

提要（修學）	（治事）	（通信）
	寫信 與叔實興	發四弟 伯琅 吳山 元坤

氣候

吾弟因吾之責備而深特覆書懇勉之并詢鄣集暇張光斗山耗 以左丞駿等示伯琅依如旗中川人情形也 滄伯樊卿譯游暨 舨師還蜀足行也通過敵軍防線所履甚危 結日

性

人為作 香卓卿次日將還諸暨偕叔實視家往謁適值假寐遂退過佩嚴飲酒

溫度

狀醉

江上東風浪接天苦寒無奈破春妍（蘇軾）

無法律則無自由（陸克）

三月十六日（戊午二月初四日壬戌）　土曜日（即星期六）

民國七年學校日記

提要（修學）	治事	通信

氣候

弼臣小恆子明來商赴粵留之飯遂飯罷伯為來

道腴滇閩來議電唐蓂賡促其就元帥職遂請張石麒屬稿

姓

晚為仲言衡堪說韓非子幾格格不入矣

溫度

白見武陵桃欲蒔黃知彭澤柳初芽（貝瑯）

三月十七日（戊午二月初五日癸亥）

日曜日（即星期日）

提要（修學）

（治事）

（通信）

得伯琅吳山左丞戚訪張光茂

得仲帆道希靜安函電

氣候　姓　溫度　午後一時　晴

弼臣小姪子明來商擬勸君出任四川財政吾既無此能力而与滄伯所計議者又不可以處告人也只婉詞多其說以謝之不待遞期末日一舟

商退与叔賢言仍以出則治兵為上

蘇卅未長評

靜安謂以其子元白既選川將吾及吳漣伯劉昂生周道腴伯琅勃山為其代表指詞辦法似皆失之

吾与琴興而死百事大女五女已赴徐家匯視三女冢婦矣而吾不之知也仲言聘水果往出独由見知矣之處時也

語一默從容中道（明仁孝文皇后）

提要（修學　治事　通信）

氣候　寫信分寄中山伯琅吴山俊生及稚戟勛　游伯既還蜀為我言匯兩千元寄重慶則路費已僅能給至夔府不識何用途又支去三千餘元也（軍府撥萬元比時回上海者四千元之費在四廣州旅費數百元）行者安家以共還蜀分頭接洽需用較繁斷非兩千金所能給商定由叔言之中山　吴今存未以鄂筆嶠中記俟俊生維持筆嶠經商而負債據皆既擬其貨財又追償不及也

溫度　氣候忽煖相差廿度以上

午後一時　午後過佩年佩年責叔嘉負責任輕於助人而不察情偽中吾病也　又過獬臣小怔子明為言匪不請財政無從著手茍欲吾人

上午十時　國有益於地方當自清匪始以統率警衛軍之人兼督團練本末并進其庶幾焉

二月十八日（戊午二月初六日甲子）　月曜日（即星期一）　民國七年學校日記

二月六夜春水生門前小灘渾欲平（杜甫）

少而好學如日出之陽壯而好學如日中之光（說苑）

三月十九日（戊午二月初七日乙丑） 火曜日（即星期二）

提要（修學）

（治事）

（通信）

氣候 鏡台自廣州還，旋委任百濱庠代理館長。鏡台謂中山寄斷言之，鏡台上三日離粵，而伯琅尚未得彼一書也

姓

溫度 朝八時六十二度

春風春雨花經眼江北江南水拍天（黃庭堅）

務無益之事雖勤猶惰(英諺)

三月二十日(戊午二月初八日丙寅) 水曜日(即星期三)

提要(修學)

治(事)

通(信)

氣候：微雨陰

岳州竟入敵人之手，十七日事也。據新聞紙所報，十七日北軍入城，而桂軍之自臨桂湘敗退者，不知岳州已失，直入，而北軍以為中伏，倉皇退走。十八日再戰，而桂軍終退焉。是役也，觀吾國戰爭，類兒戲也。南軍棄岳州，應令知臨湘軍；臨湘軍入岳州，北軍應知之。今兩者皆相左。在南物乃軍猶得諉曰敗將倉惶不及通報，而北軍何至無諜報步哨乎。

溫度

鏡台任商渠行路事，出徐季龍致據伯壽而求辦法，非我允爲勝。

與季龍

訪燦時發

土脊初勤發苗青飽食城頭信意行(俗諺)

三月二十一日（戊午二月初九日丁卯 京城下午六時十二分作分）木曜日（即星期四）

民國七年學校日記

提要（修學）（治事）（通信）致徐季龍）

氣候（爲林俊公事致季龍）

議員集會商分赴天津催促同人南下及報告廣東情形王家襄亦

謂非恭國會不能解國之紛也）

姓

叔寶說飲大意而欲借嚴來拚戰亦微醉

溫度 四十五度

竹筍纖生黃犢角　蕨芽初長小兒拳　（黃庭堅）

非愛友如己不能全友誼（西細洛）祀闘語

三月二十二日（戊午二月初十日戊戌）（舊曆）金曜日（即星期五）

提要（事項）

氣候 七時偕仲執及仲亮散步，廊巨箱陸一路而西，清水一泓，綠麥數畦，新日初升，厥衣不作，前有小園，松柏檜蒼翠，而列久不得此肅穆也

漢傑來談，徐退僕來訪，劉守五來商陝西出兵事

講左氏傳

溫度 正午 五十五度

民國七年 舊校日

社日雙飛燕 春分百囀鶯（權德輿）

只當常看得自己有不是處學問便有進無退（申涵光）

三月二十三日（戊午二月十一日己巳） 土曜日（即星期六）

提綱（修學）

要（治事）

（通信）周文山來函 名文瀚 甘肅之州人

氣候 雨電・日・

溫度 略寒

杜華及黃昭甫冒雨來訪

周文山來滅屬轉易堂一版謂有執派匯栗文獻者

徑草漸生長短綠庭花欲放淺深紅（鮑溶）

爲學莫先於辨誠僞　（劉念臺）

三月二十四日（戊午二月十二日庚午）　日曜日（即星期日）　民國七年學校日記

提要（修學）　（治事）　（頭宿）

氣候　朝訪焦易堂劉仁甫來道泰事
符伯琅吴山十一十四十六各函吴山寄公報來

姓　游徐園觀蘭花香葉綠惟嫌疏散而非大觀耳入園資每人銀
角三枚游者多中人無玩戲惡少年稍清靜也

温度　滄伯漢口來函

午后二時　七十度

十里烟光潑翠著二分春色到花朝　（楊芾）

遇詭詐人變幻百端以至誠待之彼術自窮（申涵光）

三月二十五日（戊午二月十三日辛未）月曜日（即星期一）

民國七年學校日記

提要（修學）

（治事）

氣候　陰

新甫召飲占言為川率電費由銀行借墊來甫允之

姓

溫度　九

何時　四五

（通信）

發伯琅吳山

春將半燕方旋滿院暗香小綠無端惆悵立背鞦韆困人天（宋秦湛）

人既知愛生命則勿浪費時日時日者造生命之原料也（佛蘭克令）

三月二十六日（戊午二月十四日壬申）

火曜日（即星期二）

民國七年學校日記

提要（修身）（治平）（通信）

氣候

香草師自諸暨還來名處地　師屬以岳州既陷段祺瑞又出任國務總理恐國會難望開會特問我行止也

姓

促鄧匡諸人商計四川根本計畫擬分電劉存厚及錦帆復生諸人而公函濬川源墊支電費

偕叔貫訪吳御秋吳甘泉張立丹徐可亭馬小珊罷席已夜十時

溫度

爭利者必於市上海爭利之市也可亭言商業覺得利之途衆矣無資財專志以赴之耳

杏花笑吐香猶淺又還是春將半（宋徽宗）

三月二十七日 (戊午二月十五日癸酉) 水曜日 (即星期三) 民國七年學校日記

提要 (修學)

(記事)

(通信) 得執信伯琅滌伯漢口戌

氣候 景梁來付朱執信函并詞廣州覆電蔣國之請不行也

朋姓 熊易堂劉仁甫來從謁滌伯商議陝事赴易堂仁甫四時之約

會 滌伯自漢口來晚宴留新灘之間戰劇而不適行人漢口貫禁留則不給

屬電廣州請金千圓擬稿致景梁柏蔭 与伯蘭電廣州促熊易堂

欵及其情罪

溫度 伯琅函寄士俊叙州電靜安已令士俊任財政而來電請軍府助欵并報告

靜安有兵三師以上此數人語也不圖靜安竟欲士俊為之證實而

士俊竟亦曰三師以上也

腰痛朝偕仲執根仲言姪游麥田之間運動呼吸夜早寢

夜教吾家先人銀雜出厚之譯以詒吾婦

長短一年相似夜中秋未必勝中春 (徐凝)

凡作事將成功時其困難最甚（機拴的）

三月二十八日（戊午二月十六日甲戌）

木曜日（即星期四）

民國七年學校日記

提要（修學）

（治事）

（通信）
發信蔣氏四北京
發周文山名是衡

氣候 大寒 辰雨

溫度 午十二時 四一

雷氏心家其父其三兄其姪兒女共六人被擄於匪，特發慰之。

訪徐朗西，謝其宗徵仁甫從剿贊之，但乃見細。

繼處曉鶯千曉地誰家新燕啄春泥（白居易）

一九一八年

三月二十九日·（戊午二月十七日乙亥）　金曜日　（即星期五）　民國七年　學校日課

提綱（修）

要（學）

（治事）

（通信）　殷伯琅、吳山、潘伯溪

氣候　張德鶴、柳履祥來，德鶴告赴粵也。范味腴、徐朗西、吳劍秋、秦鑄金（忠州人）、揚靖

蒼鄰、孟碩、林鏡台來。劉仁甫（小宗作僕）來，以西北計畫界我，而未發明

食（飲）

徵內　在四川出兵足見備參孜也

殷伯琅、吳山、潘伯溪、口宗、梁伯蘭　右請揚於二月廿三日已決計提一

師之衆進援陝西，以一旅鎮川北，乃其通電經月始達，雖然秦中

同志得此氣當一振　一月九日錦帆被舉為總司令，十二日余得該電

溫度　十二時　四三

十四日余與伯琅電勉錦帆，非足不得一字之覆，頗怪之，今得覆矣，竟三

月三日始達於錦帆，蓋遲滯至五十日也，此中外之駭人者已

夜訪可庭、味腴、鏡台　吾妻先矣，少時夫婦嘗有詩，然大半皆吾之過，吾妻

之所以傷吾心之所欲也，頃以維衣細收拾，觸其懷念，殺惘惘

曲檻柳濃鶯未老　小園花暖蝶初飛　（羅隱）

學問以澄心爲大根本以慎口爲大節目（呂新吾）

三月三十日（戊午二月十八日丙子）土曜日（即星期六）

民國七年學校日記

提要（修學）

氣候 杲梁未蔡幼香起兵施南欲吾人電川以爲之助 段內閣擬四路攻兩粵

（治事）

外出 過溫子英訪北洋派消息謂此誤語會而同人皆就詢青楊出兵援陝也

訪孟碩不得其處而所得者陳九韶家也

夜熏谷寸庭立丹念存談之并以餞仲凱張仲言譚偉

（通信）

溫度 六八 時 四 十二時 五

楊柳池塘蝌蚪水杏花村店酒旗風（春簡之）

三月三十一日（戊午二月十九日丁丑）日曜日（即星期日）

民國七年學校日記

提要（修學）	氣候	朝起	午食	后五時許	就眠	溫度	十二時	五十八

游麥畦運動呼吸腹部微疼

過舒子明黃小松袁卿匡來談偕南潯電稿

吳山欲告楊軍與陳炳堃內江已相戰可歎也 勃山援鄂十三日出師

見伯農敬數致仲執書伯農似有進益而頗念我客施之質敬數論

滬伯省長則誤視仲執之所以告誤者此語傳播必誤會詳多

孝純甥上乃翁稟雖不文然請楚極矣可造但應規模小耳 故鄉觀

音寺匪勢縱橫如仲言一家亦露宿而避吾家野鴨池不敢居矣

室而賊居故清匪為第一要事民無寧處奚從得祖税耶

叔庭致牋吾兒術堪以秋嵐郵金提百圓見寄郵金事之重若寄金情之篤

者一客滬耳 而貧之累乃至盡死生之交而賠我恨復可慨也

（治事）

（通信）

得吳山中興六、十三日成漢口

講學以治心養性爲本（呂公著）

四月一日（戊午二月二十日戊寅）　月曜日（即星期一）

民國七年學校日記

提要（修學）（治事）（通信）

氣候

赴書肆，指歸吳季甫先生點勘七子及史記也

外

景梁來，以其族兄丁俠禪起兵四川岳池縣，被陳澤霈擊而斬之，及錦帆入成都

俠禪友程玉麟、劉保泉請於錦帆、華友，擬我生而恤俠禪，並在急着道

晚景梁，景梁以縣知事親家及叔田擬電錦帆、華友言之

鄭集欲謝人被害事不離

溫度

前八時　五四

十二時　六五

花開滿北渚水漲到南山（舟榮）

四月二日(戊午二月二十一日乙卯) 火曜日(即星期二)

民國七年學校日記

提要(修學)

(治事)

(通信)

發伯熙吳山 復宗山

氣候 電訪山高蔡濟民起兵施南也

雜

景梁來邀偕過朗西直規其失 馬幼湖衷來言秦事及朗西故盡有

所言於中山而毀焦子靜若有人不可以不辨也

過王天木 訪吳庶咸假借其密電本與錦帆通電不遇遂過鏡台得

同簽

溫度 兩時八點

風暖暮田歸海燕雨酣春水上潮魚(周[illegible])

念慮有當動必無過　（明仁孝文皇后）

提要（學修）

（治事）

（通信）

氣候　閱朱執信來上海函述扎環龍路照之屋之枝語以致錦帆電稿付梁西見

一人　覃府言瀘伯電蓋以今路可通則北粤由滇而黔也

叔侯　福香草師佩年先在　非羊仝飲比之

温度　午后二時　五五

四月三日（戊午二月二十二日庚辰）　水曜日（即星期三）

民國七年學校日記

背燭共憐深夜月　踏花同惜少年春　（白居易）

學莫先於立志（王守仁）

民國七年學校日記

四月四日（戊午二月二十三日辛巳）木曜日（卽星期四）

提要（政治）（學事）（通信）

氣候　訪楊西堂名銘源 談論陝西事

田兒滿二十三周歲矣適以禮拜四休課命之還聚蓋自丁未出亡鮮於家人

家　生日而一家相聚者今田兒生日其始也然吾母健在家園念孫之切

午前　又不知如何矣 曾祝家亦治酒醴不敢當誼有難卻惟命田兒拜謝

午後　而已 君妻頻樂一家怡怡然 午後田兒送其婦及竹箱入校

溫度　飯師來遲 初自漢口析還 故人譚

二月二十三木蘭開折初（李商隱）

大丈夫當容人勿為人所容（朱熹）

提要（修學）

（治事）

（通信）得四勿書 三月廿二日
得沈問梅牋

氣候 午前 微雨

溫度 午上三時 五四度

四勿來函留名古屋兩日以三月二十日入東京出吾女已得其三十日函則每夜課英文三時而入明治大學政治經濟科矣

訪鄧孟碩于右任

謁總師 偕洪子蘋林鏡台至落偕過游伯家又約游游共商取道之策而粤軍有日本軍艦交涉洪定待其結果如不得則取道雲南 晚 師來 非凡電游伯告以此義

四月五日（戊午二月二十四日壬午 京城下午十時三十一分清明）（植樹節）金曜日（即星期五）

民國七年 學校日記

東風也作清明節開徧來禽一樹花（陳與義）

好名是學者病 禦是不學者事 (魏環極)

四月六日 (戊午二月二十五日癸未) 土曜日 (即星期六)

提要(修學)

(治事)

(通信)

氣候 散陰 昨晴 今雨 大

溫度 午十二時 五六

慶蕃函稱所入學校籌款而旋聞天蟾舞臺蓋上海此等辦法已派
風氣而今人願盡一日之力以所贏助學校之難於資者亦殊難
得達命吾婦率兩女并請仲執妹婿仲言姪貴先姪叔實
親家与其妻共觀之吾守屋家盡清史大觀一冊有半
仲箱寄書其兄謂其嫂腳氣未愈田兒還白家命赴啓明學校
接其婦歸家治之上海病腳氣頗可慮故慎治於始

新蒲新柳皆存色 紫燕黃鸝欲斷腸 (楊基)

不使他人之權力而爲己所欲爲者是謂自由（法革命黨宣言書）

提要

修（學）

治（事）

通（信）　得張伯函三日漢口

氣候　李駿文歸自廣州來訪長譚

食

謂香草師告赴粤也師觀報日宜勸中山設法促進南方之統
一爲中山計莫如脩舉辦法要約北陸幹卿幹卿能從而實行則
引退而讓之不從則敗之從矣而食言也則再起而誅責之所以
而顧全大局而復合關也不然則不啻俱敗護法何有焉

温度　晚沈問梅約明日訪張於中華書局編輯部別七年矣
杜華以公函稿來請寬易特以寄川省請治盗也易而還之張
乃有介紹於錦帆之請方促其赴粤出席國會爲唯唯否否
政治演題擬社會教　　向師召飲偕楊實恭往
可庭召飲赴之

四月七日（戊午三月二十六日甲申）　日曜日（即星期日）

民國七年學校日記

雨聲來不斷睡味清且熟（蘇軾）

四月八日（戊午三月二十七日乙酉）月曜日（即星期一）

學術有差心術因之為病（張楊園）　國會開幕紀念日

提要（修學）

訓先量名敏

（治事）

（通信）得函一通

氣候　微雨

朝訪閻義齋續西峰徐逸庭

午後冒雨訪沈閬梅又過佩青及卿臣漢傳小峰子明

先量來譯　夜飯師來

函一已借撤芳纖漢口而西來露餅否函過宜昌也昨假百圓錢

溫度　夜十二時　五二、

謂氏川後寄我

田兒以我赴粵也特還家來別我其勿再還礙學業也

要知澤國年光晚已過清明尚淺寒（陸游）

書不記熟讀可記 意不精細思可精 （朱熹）

提要（修學）

（治事）

（通信）致王儒屯
得民心牋

氣候 雨 玉章厭文各飯訖之 遇孫子蘇林鏡台及孫伯蘭丁景梁

得雷民心牋

牋僕出商召集四川議員也 飯師未出日本駐漢武官某

謂得川息唐蓂賡洪計守峽而不進攻宜昌錦帆各潤劉

劉值剛入厭鄉諭伯函言沈洛川局因兄有急難云、

溫度 蘇丹未以吸阿片被欽廷魏基凡自存兵反也 賊以金允為

時 后九 備跡費若干

五六 起 饒侍叔寶還家借謂 飯師言別而叔寶乃遲之不還又雨夜十時兵亂作害

屬家人次日上之 飯師未拜辭不敢也

吾妻為我飭備百物中年而后相愛益篤而少年時之尤悔覺亦多已

四月九日（戊午二月二十八日丙戌） 火曜日（即星期二） 民國七年 學校日記

夜雨亂江綠 朝花退日紅 （張九成）

四月十日（戊午二月二十九日丁亥）　水曜日（即星期三）

民國七年　學校日記部

提要（修學）

（治事）

（通信）

氣候　雨

朝七時許別家人遂行登太古公司新寧輪船北粵偕行者叔寶親家王偉夫執山之從父昆李也鄭孟碩凌漢周十時後解纜仲執仲言瀛仙荔丹送於舟林鏡堂洪子蕤夫

微暈一然嘔吐

溫度　仍如昨日

奢侈者衰弱國民之大原因也（巴克車）

提要（修學）

氣候　雨

溫度　同上弥

（治事）

（通信）

春陽以中百昌俱作（錢惟演）

四月十一日（戊午三月初一日戊子）

木曜日（即星期四）

民國七年學校日記

聖人者不至恃人者不久（韓詩外傳）

提要（修學）

（治事）

（通信）

氣候　雨

溫度　一如昨

風稍々散矣而畢亦減於是瀏覽鬼語及少年叢書文天祥王陽明格蘭斯頓俾士麥諸冊取材頗當果以是授少年必有益惟批評外復雜以議論總覺近於煩耳

江邊踏青罷　回首見旌旗（杜甫）

自由自由天下古今多少罪惡假汝之名以行（羅蘭夫人）

四月十三日（戊午三月初三日庚寅）　七曜日（即星期六）

提要（修學）瀏覽如昨日

（治事）

（通信）

氣候　微雨

月戌香港游市廛語言不通不識途徑遇丁超五自福州來亦未嘗游香港隨步所之得公園焉所謂皇家花園也園在山半為地不過數畝而規模楚然非日本小狹所能比擬山間道路實極有經營者嘗聞香港之政可以覘歐州彷彿往者見吾國人僑集而爾之所以為不過如是今見其美乃

溫度　信言者之非虛也

一如昨　午後五時四十分解纜赴廣州夜談閩為我道其所歷處至實夜不就寢夜半四時泊白鵝潭而從者又呼起眠不過三小時疲不能堪矣

三月三日天氣新長安水邊多麗人（杜甫）

今古積於中者謂之學（李邦獻）

四月十四日（戊午三月初四日辛卯）日曜日（即星期日）

民國七年學校日記

提要（修學）

（治事）

（通信）

氣候

溫度

易小瓶登陸八時矣見日社拜相識者大半還之遂往日無暇午後偕伯琨叔賓謁中山先生勉游兄施公司候不能文會伯琨檢點函昇我中有士俊妹倩四分拐兩書左丞自滇返將還蜀擬今日行伯琨留之待寂遊尚左丞偕夫叔賓吳山伯琨小飲靜處左丞為詳言滇中情形及斗寅郭文欽僧春吾高徵周惕忠鄧天翔溫宗鑑諸人行事陳徐尊道李陸蕊勝非天翔而斗寅則所遺最苦也又道午嵐殉義狀具婦容滇而猶以為午嵐未死也黃公度不負午嵐云

曲欄幽檻終寒窘一看郊原浩蕩春（蘇軾）

一九一八年

在我既皆見以為是即當置毀譽於度外（畢達哥拉斯）

四月十五日（戊午三月初五日壬辰）　月曜日（即星期一）

提要（修學）

（治事）

（通信）
致四勿日本
示大女上海

氣候　神倦體懶造左足行後更卧終日幾不能動也

致四勿贊其畢業明治大學　以平安氏興告大女慶看

雜

溫度

湖光迷翡翠草色醉蜻蜓（張又新）

民國七年學校日記

自由者以不使他人之自由為界（黑智兒）

四月十六日（戊午三月初六日癸巳） 火曜日（即星期二）

提要（修學） （治事） （通信）

氣候

以仍修故無事々也午後購玉鋼一對吾妻欲此將以遺之

吳山說來令撫京欲如何謝以不敏曩者皆為人索餞甲府今皆謝絕一切使

屯心於前毋僕々為也

性

溫度

衣著

柳陰未判晴耶雨仍是鳩聲問答中（失名）

讀書須明物理揣事情論時勢（陸九淵）

提要（修學）

氣候

偕伯琅紹介王子騶謁中山先生及改組軍府案中山以謂萬一不能和衷以濟則惟本性直行否則引退而已　季龍商所以覆電青陽及鄂文欽者惟青陽暫緩就職是也文欽恢復寧遠六屬者謂須電飭帆屬其圖善後又

晴

令文欽詳報敘府目前內部情形季龍擬之

徐聞卿既任衛戍總司令合欲遂兼大頭公署

溫度

唐蓂賡寄電陳伯桂軍諸人主張立軍務院岑雲階總理之或者以中山

若干

謗非外國其荒謬絕倫則還代黎元洪馮國璋為正副總統或以馮國

衣

璋為代行大總統也

（治事）

（通信）

得四川欣

林葉既散榮禽聲亦融怡（張栻）

四月十七日（戊午三月初七日甲午）　水曜日（即星期三）

民國七年學校日記

學貴知疑大疑則大進小疑則小進（陳獻章）

四月十八日（戊午三月初八日乙未）　木曜日（即星期四）

提（修）要（學）

治（事）

涵（信）　得可亭緘

氣候

訪王芷塘與言府一川省各派以地方為主一求川省之安寧一求川省之發達

開仲愷歸道俯叔實視察北軍府通轄路生來乃商所以應付唐蓂賡蒞姚

憲之議立軍務院者中山進退無所決也

夜觀電閣

溫度

可亭俶論海防道塞而謂川軍雖龍道田頌堯楊星輝破不帖服標金捕贏

廿餘金

能守法律則法律保護之（法律金言）

提要（修學）

送叔實之汕頭

（治事）

（通信）

氣候

晚得南雄失守昨日午後八時事也

姓

溫度

四月十九日（戊午三月初九日丙申）

金曜日（即星期五）

民國七年學校日記

杏花村裏青旗酒楊柳隄邊畫鷁船（李進）

四月二十日（戊午三月初十日丁酉）土曜日（即星期六）

提要（修學）

（治事）

（通信）

致叔實觀家汕頭

得李元白西平節

氣候

為叔實取錢今晚返汕 遂北廣東省議會懲戒會之謂國會議員省議會議員皆有沈痛之說 蓋皆南雄失守後也

性

諸德生告我日莫榮新將通電贊成唐繼堯組織軍務院之議而南自是蓋趨於紛亂可斷言也 仙彼僧見 中山先生岳以為當表示態度而中山不從

溫度

卯九時量挾性兩不可與處也

精思生智慧（柏拉圖）

四月二十一日（戊午三月十一日戊戌）（京城下午一時三十七分微雨）**日曜日**（即星期日）

民國七年學校日記

提要（修學）四弟昨殷說明治學校本科大學与應慶應早稻田兩校大學本科之區別頗詳因入明治無疑矣

（治事）

（通信）殷四弟可亭

氣候

姓 陳梅谷名欽大新公司所熟識者而設豐饌蓋惟其妻兄廖幼曾与我為初識幼曾与我同縣自前清以知縣候選河南而為晚來知州之長子初自豫來渝後梅谷以幼曾將圖事於渝有所託於我也聞之憮然

溫度

沾衣欲濕杏花雨吹面不寒楊柳風（古詩）

怠惰恣肆身之災也（明仁孝文皇后）

四月二十二日（戊午三月十二日己亥） 月曜日（即星期一）

民國七年學校日記

提要（修學）

（治事）

（通信） 致李叔範 示田兒

氣候 溫度

匯金寄叔範來京其己乙白記也待臺灣銀行約兩時始了其事

不得范姑脚氣病消息又四夕學課特遲特令田兒以時成報

霽午柳陰隨岸遠露桃春色隔牆多（李□）

谢持日記

四月二十三日（戊午三月十三日庚子）火曜日（即星期二）

民國七年學校日記

爲學第一工夫須降得浮躁之氣定（呂新吾）

提要（修學）

氣候 新聞紙詳載段祺瑞謀川謀粵計畫鄂人寧壽公謂其說確也遂屬其向乙計畫中之關要指陳馮段傾軋之陰謀分寄承鄰重慶与復生聖祥言

（治平）

性 之吾川不可以無備也

游戲半日

（道信）

晤復生聖祥

溫度

花氣暖薰黃鳥岸水光晴展白鷗天（張籍）

吾人當將此身放在天地間公共地步（羅念庵）

四月二十四日（戊午三月十四日辛丑）　水曜日（即星期三）　民國七年學校日記

提要（修學）

（治事）

（通信）得皈師田兒劉仕僕林俊卿
發

氣候

皈師書來論伯干元帥府倘未赴寄特与仲愷言之

吾婦由樓而墜往數十日矣肾節縱痛中年當此蓋至險也田兒宜稍醫治有效

姓

田兒之婦腳氣病亦愈云

仕僕識告陝西事　偕伯琅語中山商王棠駱事

叔賓觀家自汕頭返廣州

溫度

桃李春風一杯酒江湖夜雨十年心（黃庭堅）

知不足者好學恥問者自滿（李邦獻）

四月二十五日（戊午三月十五日壬寅）

木曜日（即星期四）

民國七年學校日記

提要（修學）	氣候	溫度
（治事）		
（通信）		

調草蓮絲林燕恰啼汀沙濕雨無但泥換得芒鞋隨意到前溪（趙抃）

不違事理是爲醇儒（彭兆蓀）

五月二日（戊午三月二十二日己酉） 木曜日（即星期四）

提要（修學）	
（治事）	
（通信）	示田兒仲言濂仙 晚仲執及劉任侯
氣候	朝起甚晏以昨夜睡之太遲也 訪仲愷 晚劉任侯告以西北計畫與錢辦理
	示田兒并晚仲執仲言濂仙 念吾兵敗傷令田兒進醫句然且勉其學 視仲言疾
食兩	宜善學古人寫字於術有得毋徒販碑帖也 勸仲執濂仙順以待時宜昌不
	通緯系莫能逃罰
	畢壽公字隆方鄂人 拔危三策曰裁兵曰交通曰產業結合 洵留心國勢之言 檢閱
溫度	一節

鶯銜晚色啼春樹 燕掠輕陰入短牆（辛原）

庸俗爲品性之大害（康德）

五月三日（戊午三月二十三日庚戌） 金曜日（即星期五）

民國七年 學校日記

提要（修學）

氣候 陰微雨

溫度

爲改組軍政府案而諸談話會我力主延緩呂天民議論紛一切歸咎於中山不得已辭而闢之所以主持是非也

會後飲於纍樂園

訪袁鉢留飲其地可居也以雨落布衣發病熱

介紹周育材於黃子英周自稱歸甯閩而南者也

（治事）

（通信）

得田兒兩禀十一、十二號 廿一日 廿五日

內附大女仲言姪四弟全（二月廿一日）

士傑、書祺（四月日）函

啼鳥似逢人勸酒好山如爲我開眉（張宛丘）

檢點・一日所課有闕則補有疑則記（張楊園）

五月四日（戊午三月二十四日辛亥）土曜日（即星期六）

民國七年 學校日記

提要（修學）

軍府改組案審查報告成立 臨時海濱先生覺生忽我我毋堅持吾說又

反對改組一變而為依不通便之是恐謂中山決定辭職也余以謂中山而去則

反對改組中有如無辦法應依其言於是中山辭職

陳習若又令欽叔實仍未行也遂止之

（治事）

（通信）

氣候 陰雨

溫度

細雨溼衣看不見閒花落地聽無聲（劉長卿）

青年子弟學宜加躬行宜加勵（卿 兆）

五月五日（戊午三月二十五日壬子）

日曜日（即星期日）

民國七年學校日記

提要（修學）

（治事）

（通信）

氣候

寫信示大女

溫度

覺生未有中山入蜀之議午後匝謁中山而昨日之事海濱諸人竟誤也

共君今夜不須睡未到曉鐘猶是春（賈 島）

五月六日（戊午三月二十六日癸丑 京城下午四時二十四分立夏）月曜日（星期一）

民國七年 學校日記部

提要（修學）（治事）（通信）

氣候 寫信示田兒

陰微雨

赴[illegible]龍社談話為議長守衛兵無禮非議員居正也余主張調停
陳與可召飲南園林翔在座談次林翔為我言其奔走國事也與子挺均勞苦
馬氏國初元置身司法及調廣東嚴杜請託今雖以軍府故擢任高等檢察
廳檢察長然始終無違法行為不幸變生可以潔身而去余來廣東有為
余言林翔者又以其為林則徐公之裔故頗重之林翔自道洵實惟接談
之始[illegible]批斥之非表暴者何也

溫度

啼鳥數聲春去日落花滿地夜來風（陳允平）

人所以異禽獸者以其有仁義也（鄭羲宗妻盧氏）

五月七日（戊午三月二十七日甲寅）火曜日（即星期二）

民國七年 學校日記

提（要）

要（事）

（非 治）

通（信）陳仲凱及什言譯仙鏡台

母示田兒大女婚從花叔實家界之

氣候

為四川領公債券二百萬為叔實親家荔丹取還蜀路費於是叔實倉卒行

矣旋發左函

余

非常會議開議大元帥辭職案軍政府修正案略有主張彼輩又將側

目而視我矣夜敘照度帳

規中山不必為悄激之論幸而納也競生覺生頗言另舉議長以十四省議

溫度

員牙而會議是說也余不敢苟同

不准大元帥辭職待改組政府成立將議交代是也

商略晚晴須一醉朱櫻青杏正皆新（陸 游）

五月八日（戊午三月二十八日乙卯）　水曜日（即星期三）

提倡（修學）

作書甚拙不能自解

（治事）

偕堇二致祭物於鄭母葉太夫人　太夫人毓秀二妹之祖母也卒於寶安縣（前新安縣入國初改今名）西鄉里第行路苦匪不敢往弔遂致物如儀二占復生疾之

冒雨赴省議會竟至者祇數人焉遇蓮伯慰之

夜飲南園

（通信）

啟毓秀女士

氣候　大雨

溫度

不辱其身不羞其親（明仁孝文皇后）

提要（修學）

（治事）

（通信）偕叔實視家函李滄

氣候

小雅

謁中山以叔實視家徵商黄某事也

叔實自香港来啟中黄氏之議

天民報痛詆吳蓮伯蓮伯固可訾而攻擊則不必也辛亥以還新聞之說焉

誤事不一次矣因日給黨日滿而卒不之悟何耶

温度

舊曆今日黄花岡七十二烈士殉國之紀念也民國成立於今八年中更數

變國家漂搖極矣而猶有護法之師以者有靈其何能瞑午後偕彌

青伯琅游謁烈士墓前禮拜憑弔獻敬不勝身世之感　荒塚

一堆福州方聲濤韻松園之以石覆以土斂土垣上經鐵索垣前為臺

築馬路植樹以培之風發起人景仰之思而減傷心之痛也

游息鞦亭

五月九日（戊午三月二十九日丙辰）　木曜日（即星期四）

民國七年　學校日記

酒醒夢回春盡日　閉門隱几坐燒香（蘇軾）

五月十日（戊午四月初一日丁巳）　金曜日（即星期五）

學者當以日策進以月維退（羅信南）

提要（修學）

氣候

謝子福名擢華陽人来訪

陡伯謂林雖生在叙南軍府修正案勉之

与畢超商護照使予賜敢道桂黔還川既允救矣後乃託詞拒絕吾總為

（治事）

（通信）

姓

奇和大參

溫度

首夏猶清和芳草亦未歇（謝靈運）

善學者假人之長以補其短（呂氏春秋）

五月十一日（戊午四月初二日戊午） 土曜日（即星期六）

民國七年學校日記

提要（修）

氣候

以姜匯清匯票寄叔實親家

仲軌函謀遷蜀存書覆之

田兒以五月五日信得我一函而慮我有他故孝思油然可嘉矣復函慰勉之

其論國內政戰在今日不能言和頗有見地然學生不宜分心於學以外也

姓

溫度

治（事）

通（信）

得田兒宗五日

得仲軌吳山書五日

覆叔實復仲軌及田兒

雨留高筍初迎夏風遞殘花尚駐春（張雨）

學者所以求為君子也（揚雄）

五月十二日（戊午四月初三日己未）日曜日（即星期日）

提要（修學）	氣候	溫度
（治事）		
（通信）		

年到詩集燕初眠上箔蠶（李禎）

越義而生不如守義而死（宋共公夫人伯姬）

五月十三日（戊午四月初四日庚申）　月曜日（即星期一）

提要
修（學）
治（事）
通（信）

氣候
溫度

国政組案開譚話會決定推協商委員十一人吳藹林丁象謙羅維生張溥泉白逾桓鄭慨辰焦易堂王葆真鄒魯宋汝梅及我也）余對宋張生論說有所糾正

綠陰鋪滿換新光　薰風初晝長（張大烈）

民國七年學校日記

凡學之道立志務先其志伊何曰理曰賢（胡新齋）

五月十四日（戊午四月初五日辛酉）　火曜日（即星期二）

提要（修學）

（治事）

（通信）

氣候　陰雨

溫度

政組案協商無結果。渴游述各方面意見而主張推伍秩庸爲軍政府政務總裁主席，蓋皆排擠中山先生而言，聞甚甘也。聞之殊不能得長，弦將奈何。

晚餞帆波生。省議會速籌安國會經費。

蟬衣曬粉花枝午　蛛網添絲屋角晴（張耒）

立身以力學為先力學以讀書為本（歐陽修）

五月十五日（戊午四月初六日壬戌）水曜日（即星期三）民國七年 學校日記

提要（修學）

（治事）

（通信）千田兇

氣候 聞北財政部領公債券北兌二百萬之救備矣

赴照霞樓之至者滬館陳伯簡之廻龍社 以決計還滬告伯琅張臣小恆

余 子明諸人接給察西南大勢必日趨於惡國會恐難復也居此無謂甚矣既

山願尚不如姑逸若國會乘果開會吾言不中則其時再到廣州可

也夢一般都讓決而議私人圖私其一省之利國會自亦能苟存而天下

溫度 自是大亂矣

為第二次之協商仍無結果非是以議員處主持國家大計地位之

義以謀尊重國會非常會議之義以謀維持國會之義謀協商

各要求似不足以饗也

朱櫻新豆酒綠草白鵝村（白斑）

五月十六日（戊午四月初七日癸亥）木曜日（舊星期四）

提綱（要學）

氣候

訪湖臣小杜子明遇沈伯琅 伯琅寓居保陽深處特往訪之適大雨遂留飲歸則已夜八時矣

（治事）

（通信）陸蘇芳

雨

會

談且安今日三讀書會既知其本之難後雨中山洪席雲生祥卿之不易然給也既知議會之無是非庶幾不知事之幻遽也何必再三思之為耶 遂

溫度

不赴會

兩害相權己輕孰重(斯賓塞)

提要(修學
治亦)
通信)
得七女書十二日
發尹子勤
示大女發四勿

氣候
四勿處將匯四百大女為購書籍費百金吾女既言吏當予之也

電錦帆後生省議會為吾川國會議員備路用促來粵

姓
此間無款特囑大女稟其母由上海儲蓄米金內匯百圓寄東京遂發四勿

溫度

五月十七日(戊午四月初八日甲子)　金曜日　(即星期五)

民國七年
學校日記部

佛燈千劫同春色　東帝頹齡委秀眉(王際泰)

居處有常服食有節言語有章（明仁孝文皇后）

五月十八日（戊午四月初九日乙丑）　土曜日（即星期六）　民國七年學校日記

提要
（修學）
（治事）
（通信）得四勿書　五月

氣候
介紹周育才來什愷　湘南馬濟軍旅軍深入危道也
改組案今日三讀會開有即日選舉總裁之謀特赴會覘之
四勿來暖所請書籍費為三百金不易措也

陰雨

溫度

漲江泥混無聲綠熟麥驕驕有意黃（范成大）

守口如瓶　防意如城（富弼）

五月十九日（戊午四月初十日丙寅）　日曜日（即星期日）

民國七年學校日記

提要（修學）（治事）（通信）

晤中山　午後二時茶會於西濱以岑西林為議和諸君暨政務總裁頗多窒礙故亦議及之而留中山係就總裁之議定比推代表八人待明日投選舉票后便往謁也
吳玉章來粵適子明小衡在吾室遂相與談蜀事夜深矣歸去

氣候　陰雨

溫度

舍北三唯非江南四月鲥（李流芳）

一國之強弱視人民之德行（斯邁爾）

五月二十日（戊午四月十一日丁卯）　月曜日（即星期一）

提要（學修）

治事

通信
復孫貞如成函

氣候
晨過湖洲人徐頤亭春源宗社黨也馬彥翀言之

会
開會選舉總裁以票數加算之唐紹儀唐繼堯孫文伍廷芳林葆懌陸榮廷而岑春煊則又補選而後始選也人之猜忌固不能盡泯其示不諧於岑氏也深矣

雨

溫度
夜偕五亭伯根見中山先生中山召其故人飲酒略談遂辭出

郭有青山看竹好門臨流水得魚遲（雷思齊）

德業相勸　過失相規　（呂氏鄉約）

五月二十一日（戊午四月十二日戊辰）　火曜日（即星期二）

民國七年　學校日記

提要（修學）（治非）（通信）殷四分　上香茶　宜師書　示田兒　殷齋什元

氣候　五堂總長之柩今日起程送之至白鵝潭｜經陽汽船

介紹議員數人見中山　晤中山也

夜作函

會　龔伯居來同居

唐健來詳陳湘南軍事　盡洩指圖　頗憤以急自諱　諉明之以意氣

溫度　棄衡陽而西之永州也　敵進躡而攻耒陽　其時馬濟方攻破攸縣　提師還救　遂并攸縣失之　敵分兵克茶陵　於是馬軍與醴陵之軍隔為兩截　湘軍在包圍中矣　根本之誤　湘桂軍不睦也

翩翩乳燕穿簾影　簌簌新篁解籜聲　（陸游）

不能制己不能自由（畢達哥拉斯）

五月二十二日（戊午四月十三日己巳　京城上午五時三十一分小滿）水曜日（卽星期三）

提（醒）要（學）

治（事）

通（信）　殷真如

氣候　張進祀遂赤着百事　玉章之韶州

劉建藩戰歿之說似不虛也悲夫

雨

中山先生昨夜十二時許去廣州言旋香山也

軍政府派參軍楊虎送大元帥印信於國會非常會議議長吳景濂

溫度　不变

清陰花落後　長日鳥啼中（徐璣）

有一分矜張便有一分挫抑（胡氏弟子箴言）

五月二十三日（戊午四月十四日庚午） 木曜日（即星期四）

民國七年 學校日記

提要（政治）（學術）

（通信）致四幼大女 得四幼書 十二日

氣候 今日始而大雨雨未霽而日復出与肯請光緒末年我來廣州時之天氣正同吾在川嘗舉以語人者既次客廣州久矣今始見之鄒海賓曰惟夏令然耳當年吾蓋以五月至廣州也推以知察風土之不易矣

大雨 始

覺生來談大局殊無樂觀也

劉昆濤戰殁兵盡殲焉桂軍湘軍退守柳州宜章氣奪不能戰

溫度 五章歸自韶州夜往訪之其論西林也略變洵長始而不能確其所主張也

詳咸復生報告領公債券事

四幼來咸勢非歸國不可請賜書籍贊從咸大女請於其母匯金寄之

麥熟蜂聲樂 泥新燕影忙（白居易）

五月二十四日（戊午四月十五日辛未）

金曜日（卽星期五）

學道先須窮理窮理全在讀書（彭兆蓀）

提要（修學）

氣候

姓

溫度

午後晤玉亭(?)　復洪子發(?)

檢外交政策

（治事）

（通信）

復洪子發(?)

屋下栽花檐露滴窗前種竹軸雲生（許月卿）

弟子學問須收斂此心緊束此身（胡清甫）

提要（修學 治事 通信）

氣候 陰雨

溫度

得叔賓石麟書蓋不知中山之已去故石麟奮勇欲赴川一決成敗而又重視閩也 叔賓函并言莫督軍綵稱陸軍部之消息至上海也家人慮禍變不測促進仲言來粵促吾北還然雖未成行而叔賓猶淳淳望我離粵 滄伯已返上海長江竟不能通也使與圖返之念而不憚滇南跋涉也抵蜀當閱兩月矣四川之局坐誤於此可勝浩歎耶於以知古人所以重無逸也

五月二十五日（戊午四月十六日壬申） 土曜日（即星期六）

民國七年學校日記

處處插秧梅子雨家家繅繭竹籬烟（華庭）

道德為保護自由之本（司美士）

五月二十六日（戊午四月十七日癸酉）

日曜日（即星期日）

民國七年學校日記

提要（修學）

（治事）

（通信）

氣候

上午接叔寶石麒書住將作憚不得安頓也遂訪鄉臣小恆子銘又遇伯琨

大雨入夜歸

[illegible]

溫度

花貧結子無遺夢燕接飛蟲正哺雛（陸游）

以才智陵人以言語先人者皆客氣也（胡氏弟子箴言）

五月二十七日（戊午四月十八日甲戌）　月曜日（即星期一）

民國七年
學校日記

提要（修學）

瀏覽外交政策　見載外蒙路程及行旅情形之記載大成汽車公司所謂有益

閱已看完

（治事）

告田兒凡隨之不能送上海之故

靜安第三子叔堯自日本匯圖來書詢及見元白行蹤程度之

冀北居移去債居東山曲根據移來

（通信）

致李冰先　上海

示田兒

氣候

今

溫度

映水黃梅多半老　鄰家蠶麥熟秋天（元　淮）

五月二十八日（戊午四月十九日乙亥）火曜日（即星期二）

民國七年學校日記

提要（修學）

（治事）

（通信）得涵伯吳山書 於上海

氣候 涵伯歷述任職情形，而無一語悔其不出滇南也

吳山春届已抵上海，歷述日本在洗船監視吾國人之狀，固由來已也，而彼淩已如

會 叫笑

漢儕子華康侯偕劉白龍來與相見於酒家，久別故甚歡也，玉章聞之亦至，飲後偕選處中州子銘後衛所往待於此矣，譚五晚邀漢儕諸人

溫度 訪讀西峰商務齋，允為我作書題介紹於蜀中諸司令

林花點草粗成字山鳥呼朋自有名（蕭穀）

不知義理生於不學（呂氏春秋）

五月二十九日（戊午四月二十日丙子） 水曜日（即星期三）

民國七年 學校日記

氣候

溫度

一

余

四勿亟於勝長歸國之限迫也計霞長當在此行前度始到到蓉亦不及

玉章午刻宴四川議員以子銘且歸微集商見為四川當局者說也余謂一護法之局勿苟言和一救國之謀西北獨重一治盜以裕財至於客軍異黨皆細目上着眼處也

赴東山過北居也東山為散倉閑居之地而官者厝於是築室而居焉粵之人皆後吾東山今履其地洋樓參雜不脫中國人凌亂氣象路亦不修治也有米山府

赴羅家衙諸人晚餐

提要（修學）

（治事）

（通信）

得四勿書

清溪繞屋可濯足好鳥隔汀如喚人（李賢）

五月三十日（戊午四月二十一日丁丑） 木曜日（即星期四）

少年立志要遠大持身要謹嚴（張楊園）

民國七年學校日記

提要（修學）

（治事）

（通信）

氣候　陰雨

溫度

子銘既決還川彌青與偕送餞之
彌青子銘合飲於東坡酒家
得仲篪及田兒書仲篪仲吉將以廿五日偕叔寶親家還川
得李叔先牋學生之反對中日新約猶不能開會也而未假款

鄉村四月閒人少纔了蠶桑又插田（陸游）

合天下之私以成天下之公（顧炎武）

五月三十一日（戊午四月二十二日戊寅）

金曜日（即星期五）

民國七年 學校日記

提要（修學）（治事）（通信）

氣候 陰 大雨

温度

晨覺將起忽咳喉際若有物起嗆時畏寒息以養之而痰中有血矣

此昨夜飲於東坡着涼無不病其夢酒已霧敢與

麥秋桑葉大梅雨稻田新（戴叔倫）